この世界にiをこめて
コノセカイニiヲコメテ
With all my love in this world
佐野徹夜
Tetsuya Sano

――小説を愛してる、すべての人に

この世界に*i*をこめて

With all my love in this world

佐野徹夜
Tetsuya Sano

第一章

With all

①

To: 吉野(よしの)
君は死んだとき、最後に何を思った？
何を感じた？
僕は、それが知りたい

僕は、ずっと、死んだ友達にメールを送り続けていた。
その、返ってくるはずのないメールに返信があったのは、高二の四月のことだった。

＊

学校に行くのが、億劫でしょうがない。そんな日が、たまにある。
とくに深い理由や原因があるわけでもない。ただ、なんとなく、学校に行きたくない。

その気持ちを因数分解すれば、顔を洗うのが面倒くさいし、歯を磨くのさえできればやめたい。服に着替えるのなんてもってのほかだし、朝食を口に入れるなんて、難易度が高すぎて無理だ。

とにかくベッドから起き上がりたくない。眠くないけど、ただ、ずっと、そこにうずくまっていたい。

そういう日が、僕には、年に何回かある。

もしかしたらそれは、誰にでもあることかもしれない。

それでも家を出て学校に行くのは、一度心が折れてしまったら、もう、なし崩しにずっと休んでしまいそうな気がして、怖いからだ。

欠伸を噛みながら、電車に乗る。いつも大体、座席は空いてない。だるくてしょうがない。別に深刻なことでもなく、ただ普通に軽く、少しだけ死にたくなる。つり革には目に見えない細菌が大量に潜んでいます、どこかで聞いたような話を頭から振り払って、ぶら下がる。

京都の春は寒い。各駅停車の電車の、駅に着いたときだけ開くドアから、吹き込んでくる風が予想外に冷たくて、カーディガンのボタンを一つとめた。

スマホを出していじる。

画面を、朝のニュースが流れていく。

政治家の汚職や、海外の紛争、芸能人の不倫、サッカーの試合結果。そんなどれもが、自分からはやけに遠い、無関係な出来事に見えた。

一旦画面を閉じて、また、開く。

メールアプリを起動させる。

今どき、メールなんて誰も使わない。

連絡は大体ＬＩＮＥだし、本当に親しい間柄でもないと、電話はともかくアドレスなんていちいち交換しない。

それでも唯一登録したままの、彼女のアドレスを、開く。

意味もなく、また、メールした。

To: 吉野
小説の書き方、忘れた
ずっと小説、読んでもないよ
何もしたくない

何もしないでいい場所って、どこにある？

返事は、ない。

目を閉じて、意識を飛ばす。

過去の記憶を思い出そうとする。目の前の現実が辛くて、惨めで、耐えられないとき、僕はいつもそれをやる。

吉野の顔は、もう、うまく思い出せない。浮かぶのは、一緒にいたシーンや情景だけだ。見終わったDVDのチャプターをでたらめに押して、余韻に浸るみたいに。初めて会った日のことや、彼女が小説家になったときのこと、キスした瞬間、そういうシーンだけ、頭の中に流れる。

あのとき、こうしてればよかった。結局、そんな後悔ばかりだ。過去のシーンに、手を伸ばして、介入したくなる。

どうすればよかったんだろう。

そんなことばかり考えてる。

自分が、過去に生きていることを自覚する。

どこかで、人生が終わったような、そんな気持ちがあった。

君が、死んだときから、ずっと。

朝、学校に着くと、ちょっとした異変があった。

教室に座席が一つ増えている。

僕の横が、他と違って新しい。

「転校生だって」

疑問に応えるように、クラスの佐藤可恵が、指さしながら言った。

「今ごろ？」

もう一学期の始業式から二日が経っている。

「初日から来る予定が、少し遅れたって」

「男？」

「女子。私たち、さっき職員室で見たけど。けっこう、かわいいよ。船岡は大分テンション上がってる」

僕と佐藤、船岡の三人は、一年のときも同じクラスだった。それで、比較的よく話す。男二人女一人でグループを作ってると、恋愛感情がないのかとか、冷やかされることも多い。僕はないと信じていた。何故なら、そんなのあったら面倒くさいからだ。

「あ、来たよ」

転校生の彼女が教室の後ろから入って来た途端、急に雑談がやんで、静かになった。そいつには、奇妙な雰囲気があった。

彼女だけ、教室で、浮き上がっているように見えた。その馴染まない感じは、今日初めて教室に来た、そのせいだけではない気がする。

制服を頭からつま先まで正しく着て、ブラウスには皺一つない。黒くて長い髪も、艶やかでよく手入れされていた。そしてその隙や抜けのない着こなしが、彼女には似合っていた。

雪だけで作られた人形みたいに、どこか、人を寄せ付けない冷たい雰囲気があった。そしてその分だけ彼女は、なんだか少し、生きづらそうにも見えた。

その朝、誰もが、彼女をじっと見ていた。

席まで歩く彼女の顔は、無表情で、何も読み取れない。まるで感情を隠すためにつけた、能面を見せられているみたいだった。

白くて長い指が、僕のすぐ横の机に黒い鞄をかけた。近くで見ると、彼女の髪が普通より、かなり長いことがよくわかる。

「初めまして。僕は染井浩平」

声をかけた瞬間、彼女が、ハッとしたように僕を振り返った。

目には、驚き（おどろ）や困惑、不安、それらが入り混じったような、複雑な色が浮かんでいる。

なんでそんな顔？

そう言いかけたとき、佐藤が急に割り込んできた。

「染井、なんか、英語の教科書みたいだよ？　Nice to meet you.」

「黙（だま）れ」

エセ帰国子女みたいな発音で茶々入れてきた佐藤を、声のトーンで制する。

その転校生の彼女は、にこりともせずに、ただ真顔で僕を見た。

「私、真白澄佳（ましろすみか）です。よろしくお願いします」

なんだか、バカみたいに丁寧（ていねい）な言い方だった。

そのとき僕は、不思議な感覚を覚えた。彼女の声をどこかでいつか、聞いたことがある気がした。

でもいくら考えても、それがいつだったのか、思い出せない。

きっと、勘違いだろう。そう、すぐに思い直す。

「染井くん」

真白は僕の名前を口にしてから、たっぷり三十秒くらい押し黙った。

変な沈黙。

それから、切り出すように言った。

「吉野紫苑って知ってる？」

一瞬、時間と、同時に心臓が、止まったような気がした。

「知らない」

「小説家、なんだけど」

何か、知ってるんだろうか、彼女は。動悸が早くなる。

「聞いたことない。僕、小説読まないから」

「そっか。そうなんだ」

真白は何か意気消沈したような顔で、僕を見ていた。

僕はそれに気づかないフリをして、教科書に目を落とした。

その日、一時間目は世界史だった。

頭の薄い四十代の男性教師が、ただでさえ退屈な教科書の内容に、より眠いアレンジを加えた授業を展開している。僕たちは密かに彼の授業のことを、ラリホーマと呼んでいた。

授業中、船岡からＬＩＮＥが飛んできた。

≫染井、さっき何話してたの

≫Nice to meet you.　My name is Somei.

≫それだけ？　で、どう？

≫何が「どう」だよ

≫真白さん、超かわいいよね。彼氏、いんのかな

もしかしたら、佐藤のさっきの話以上に、船岡は本当に真白に気があるのかもしれなかった。

≫自分で聞け

あまり関わりたくはなかった。

恋愛話は面倒だからだ。

どうでもいい授業を聞き流しながら、さっきの真白のことを思い返す。

あれは、なんだったんだろう。

好きな作家がたまたま吉野で、小説の話をしたかった？

でも、そんな偶然、信じにくい。

僕と吉野の関係を、彼女は何か知っているのかもしれない。だからといって二人で、吉野の話で盛り上がろう、という気にはなれなかった。彼女がどんな人間かもわからない。それに、自分以外の誰かと、吉野の話題を共有したいと思えなかった。小説家としての、吉野のイメージを、崩したくなかった。

とにかく、僕は誰とも吉野の話なんかしたくなかったのだ。

だから、あんまり、真白に関わりたくない。そう思った。

授業の中でローマ帝国が滅亡していくのを尻目に、机の下で携帯をいじる。

そして、いつもやっている、あの不毛な暇つぶしを、また、始めた。

wprjmtt4663@sofom.ne.jp

それは、吉野が、適当に決めたメールアドレスだった。

普通、アドレスを決めるとき、自分の好きなアーティストの名前とかを入れる。それを彼女は、適当に、ぐちゃぐちゃに、意味のない文字列を入力して取得した。だから、こんな風に、変なアドレスになった。

生きることに無頓着な、彼女の性格が滲んでる。

そのアドレスに、僕はメールを送った。

届かないメールを。

To: 吉野
真白って転校生が君の話をしてきた
僕は、知らないフリしといた
多分誰に何回聞かれても、僕は、君のこと知らないって言うと思う
こっちは毎日毎日、退屈で死にそうだよ
なんかさ
本当は僕も
君みたいに

自動返信のメッセージが、すぐ返ってくる。

From:Mail Delivery Subsystem
アドレスが見つからなかったため、メールは wprjmtt4663@sofom.ne.jp に配信されませんでした。入力ミスや不要なスペースがないことを確認してから、もう一度送信してみてください。

それは、いつものことだった。

不毛で暗い趣味だと思う。とても誰かに話す気にはなれない。

死んだ奴(やつ)のアドレスに、メールしてるなんて。

一体僕は何をしてるんだって、自分でもいつも思う。

❷

最初吉野に会ったとき、僕たちは中学一年生だった。

春、一学期の四月、僕は文芸部に入ろうとしていた。

小説が、好きだった。

読書以外にこれといって趣味がない。僕は、そういう人間だった。誰に見せるでもなく、小説を書いていた。ネットに公開もしてなかったし、知り合いに見せたこともない。ただ、密かに、自分のパソコンに、書いた小説を保存していた。

いつか小説家になりたかった。

なれるかどうかわからないけど、多分無理だけど、でも、なりたかった。

最初、文芸部のことを調べたのは、そういう自分の趣味がきっかけだった。だけど別に、文芸部に入ることに特別なこだわりや思い入れがあったわけじゃない。探してたのは、部員の少ない部活だ。本音を言えば、別に放送部でもワンゲル部でもロボットダンス部でも何でもよかった。

文芸部には、部員が一人もいなかった。

それが、ちょうどよかった。一人になれる時間が欲しかった。昼休みや放課後、誰とも顔を合わせずにいられる、そんな環境が欲しかった。そして静かに本を読んだり、たまに小説を書いたりして、過ごしたかった。だから、文芸部に部員がいないのは好都合だった。

入部届を書いて、顧問の先生に持っていった。「誰も部員はいないけどそれでもいいのか」確認するようなことを言われて「それがいいんです」とも言えず僕はただ曖昧に頷いた。

部室棟の一番端に、文芸部の部室はあった。

廃部になった部の、部室だけまだ残ってるパターン。

ドアの前に立つ。

中から物音がしていた。

誰かいる。

少し変に思いながら、室内に入った。

最初に見えたのは、彼女の指だった。

白く、長い指が、キーボードの上を走っていた。

物音は、そのキーを叩く音だった。

長い髪の女の子が、ノートパソコンを前にして、何かを書いていた。

「何書いてるの？」

僕は思わず聞いた。

「小説」

彼女は、まだ、僕を見なかった。

部屋の奥の窓から差し込む光が、彼女を後ろから照らしていた。埃が、粒子みたいにきらめいて、空中に光の模様を作っている。

目を細めながら、彼女をよく見る。

綺麗だった。

必要以上に容姿に気を使っているようには見えない。でも、顔立ちは、整っている。

彼女の容姿には、僕みたいなありふれたそれと違って、ただそこに存在しているだけで人目を惹く、そんな美しさがあった。

そして彼女にはどこか、力強さがあった。オーラ、と言っていいのかもしれない。

顔に、見覚えはなかった。同級生かどうかもわからなかった。

「あなた、誰？」

彼女がこっちを見たとき、僕はその強い存在感の理由がわかった気がした。

眼が、強い。神経質で刺すような視線ではなく、たくましくて生命力溢れるような強さが、彼女の目にはあった。

「染井浩平。一Bの。君こそ誰…………ですか」

言ってる途中で、もし上の学年だったら困るなと思って、僕は半端に敬語をつけた。

「私？　一年C組の吉野」

同い年だった。それに、隣のクラスだ。

「ここ、文芸部で合ってる？」

一応、確かめるように僕は聞いた。

「だね」

「部員、誰もいないって聞いたけど」

「らしいね」

「あの、ここで何してるの？」

「ここが学校の中で一番、集中して小説書けそうな場所だったから」

ちょっと驚いた。僕と同じようなことを考えていたらしい。

「要するに吉野さんは、忍び込んで勝手に部室使ってた、ってこと？」

「悪く言えばそうなるけどさ」

子供っぽい、ちょっと拗ねたような声だった。

「よく言うと、どうなるの」

「部員が誰もいないのをいいことに、部室を無断で不正利用してた？」

「より悪化してるね」

僕が冷静に言うと、彼女はちょっとだけ後ろめたそうな顔をした。

「ごめん。他に小説書けそうな場所、校内になくてさ」

「……僕もそれで来たんだけど」

そう言うと、彼女は意外そうな顔をした。

「染井くんも、書くんだ」

その途端、吉野の僕を見る目が、少し変わったような気がした。勘違いでなければ、数瞬前のそれより、彼女の眼差しは少し親しげなものに変わっていた。

「でも……だと、部員二人になるよな」

「んー、困ったね」

吉野はふっと思いついたように「あ。ちょっと待って」鞄からＵＳＢメモリを取り出した。ＰＣに挿入。何かのデータを入れたらしい。それを僕に差し出してきた。

「これに、私の小説、入れてみたの」

話が見えなくて、僕は微妙(びみょう)に困惑した。

「自己紹介みたいな」

そう言って吉野は、僕にＵＳＢを手渡しながら、普通に笑った。

帰って家で、吉野の小説を自分のパソコンで開いた。

全然期待してなかった。

むしろ正直、読むの面倒くさいな、と思っていた。その場の流れで、小説を受け取ってしまったことを、僕は最初、後悔していたくらいだ。

「読んでみて。これできっと、私たち今後うまくやっていけるかどうか、わかると思う」

それは短い小説だった。

タイトルがついている。

『love less letter』

クリックして、画面上のページをめくる。

それは、並行世界をめぐる小説だった。

並行世界から、主人公宛（あて）に、交通事故で死んだはずの恋人から手紙が届く。

並行世界（パラレルワールド）。

その言葉は、よくSF作品なんかを説明するときに登場する。

目の前の現実とよく似た、もう一つの別の世界が存在しているという考え方だ。

僕たちの世界は常に可能性に富んでいる。一つ一つの選択で、世界は少しずつ変化していく。もしあのとき別の選択をしていたら、世界は別の姿になっていたかもしれない。

そんな、別の世界が、もう一つの現実が、ここではないどこかに存在している。それが並行世界という考え方だ。

あのとき、もし、彼が信号機の前で立ち止まっていたら。交通事故で恋人が死んでいなかったら。

恋人が生きてる、もう一つの世界。

そこから届いた不思議な手紙を読むうち、主人公は、恋人が自分を愛してなかったこと、自分が恋人を愛していなかったことに気がつく。

自分は、他人を愛することのできない人間だと、主人公は悟る。

そして、それでも、たまらなく彼女に会いたいと思う。

衝撃(しょうげき)だった。

何かに、殴られたような気分だった。

独特の文体。比喩(ひゆ)や文字の連なり、句読点の打ち方。表現、言葉のチョイス。どれもが、既存の小説と違う。

小説なんて、そのほとんどが何かの影響(えいきょう)を受けている。僕は普段本を読むとき、まずそれを探す。誰からどんな影響を受けて書かれた作品なのか、推理しながら読む。

でも吉野が誰から影響を受けてるのか、わからなかった。

その小説には、誰にも似てない何かがあった。

そして、奇妙で切実なリアリティがあった。

夜、眠れなかった。

中一で、同い年で、こんなにすごい小説を書く奴がいる。そのことに、僕は興奮していた。

翌日、授業終わり、すぐ文芸部の部室に行った。早く吉野に会いたかった。ドアを開けて中に入る。彼女がいた。

僕が入ってきたことに、気づいてないのか、それとも無視しているのか、吉野は一切こっちを見なかった。

ただ、ずっと指が動いていた。

彼女の指は止まらなかった。

あんなに流れるように小説を書けるのか、と思った。

何を書いてるのかはわからない。

でもその小説が、淡々としたものではないことが、僕にはわかった。

剛胆なピアニストが情熱的な曲を演奏するように、その指は動いていた。そこに、一切の悩みはなかった。

まるであらかじめ定められた何かに向かって、導かれるようにその指は動いていた。

他人が小説を書いてるのを見るのは、そのときが初めてだった。でも、どうしてか、他の誰も、彼女のように小説は書けないだろう、そう思った。

部室に入って、十五分くらい。あるとき、ふっと彼女が顔を上げた。

「染井くん？」

今初めて僕に気づいたかのような声だった。

「どうだった？」

その、どう、が、小説の感想を求めているのだということに、遅れて気がつく。

「よかったよ、すごく」

それ以外、言葉がすぐに浮かんでこなかった。慌てて、言葉を付け加える。

「並行世界、あったら、いいよな」

「あるよ。きっと」

吉野は冗談なのか本気なのか、真顔でそんなことを言った。

「じゃあさ、今度は、染井くんの小説見せてよ」

言われて、ギクリとした。

どう考えても、僕と吉野ではレベルが違う。それなのに、自分の小説を見せることができるほど、僕の面（つら）の皮は厚くなかった。

「また、今度な」

吉野は腑に落ちないような顔をしていたけど、そう言って僕はごまかした。その日のうちに、吉野も文芸部の入部届を出した。そうして僕たちは、同じ時間を共有するようになっていった。

③

真白と次に話したのは、彼女が転校してきてから一週間くらい経った日のことだ。

選択の美術の時間だった。課題は、人物画。お互いに向き合って、絵を描く。

「好きな人同士で二人一組になって、お互いの顔を描きましょう」

失敗した、と思った。

学校生活の中でも、僕はこれが一番苦手かもしれない。

好きな人がいないからだ。

佐藤も船岡も音楽を選択していて、よく考えたら普段口をきく人間すら誰もいなかった。

誰か探す気にもなれず、次々ペアができてくのを、黙って見ていた。すると当然、そのうち、誰ともペアを組めなかった人間として自分が残ることになる。

そういうとき、なんだか、自分の人間性を否定されてるような気持ちになった。お前はそんな風に適当にペアを組むことさえできない、無能力な人間なんだぞ、と暗に何者かから言われてるような気分になる。でも、どうしても億劫で、僕は誰にも話しかけられなかった。そして、失敗した。

転校してきたばかりの真白が残るのは、当たり前の話だった。

最終的に、僕と彼女が残った。

「じゃあ、席を移動して。ペアの人と向き合って、絵を描き始めて」

顔を上げると、真白が、じっと無言で僕の方を見ていた。

授業は、あっという間に雑談の音で埋めつくされた。

それも当然で、気の合う人間とペアを組んで絵を描くのだから、自然と会話が弾む。

そんな中、僕たちに、会話はない。

これから美術の時間はしばらく、こんな気まずい時間が続くことになる。

さっさと描き終えてしまえばいいんだ、と思った。別に美術の成績なんてどうでもいい。

ざっ、ざっ、と音がするくらい勢いよく鉛筆を走らせる。早くこの苦痛な時間から逃れたい一心だった。

教室を巡回していた美術の先生が、急に僕の絵を覗(のぞ)き込んできた。若い女の先生で、陰と陽でいえば、陽のイメージの強い女性だった。彼女は何か言いたげに僕の絵をじっと見ていたが、やがて視線を外し、遠ざかっていきながら、クラス全体に対して、次のようなことを言った。

「普段、クラスメイトでも、お互いじっくり顔を見ることって中々ないと思います。でも、人の表情には、どこかその人の人間性みたいなものが現れているはずです。それを読み取って、表現するようにしてください」

まるで、あなたの絵には人間味がない、と言われてるような気がした。

悪かったよな、と心の中で静かに毒づく。

「私たち、何か話さなくていいのかな？」

ふと、無言の時間に先に耐えられなくなった真白が僕に言った。

「みんな喋(しゃべ)ってるから。なんか、私たち、人間に失格してるみたい」

たしかに、こんな風にほとんど無言で向かい合って絵を描いているのは、僕たちくらいのものだった。

「会話の糸口、欲しい」

「わかったよ」

僕はかろうじて残っていた社会性を発揮して、そう譲歩した。さすがにこれから数ヶ月、ずっと無言で向かい合っているのは僕も辛いような気がしたのだ。

「真白、前はどこの高校いたの」

「堀見高校」

吉野が通っていた高校の名前だった。

見ると、描いた輪郭の線が少し、明らかにずれていた。別にいいや、と思い直して続行する。

「あそこ、賢いよな。うちと、偏差値10以上違う。転校するにしても、なんでうちに？」

「私、人生投げてるから」

「人生が投げられるなら、僕も投げたいよ。河原でキャッチボールでもしたい」

「つまんないよ、染井くん。それより」

そこで言葉を区切って一瞬、真白は無言になった。それから口を開いた。

「どこまで描けたか、絵、見せて」

言われたので、キャンバスをひっくり返して、真白に見えるようにした。

「なんか、うまいんだけど」

真白は、複雑そうな表情をした。

「生きてる感じがしない。死体みたい」

言い得て妙だった。

「なんかさ、私も、苦手なんだよ」

真白と自分の間に、共通項みたいなものを見つけたような気がした。

「人の気持ちがわからないんだよね」

表情からそれを読み取って、絵にするなんて高等技術、とても自分にできるとは思えない。

「でも、染井くんは私より、器用にやってる気がする」

意外そうに真白は言った。

「これでも、努力してんだよ」

僕はため息をついた。

真白は、一人で昼食を食べているらしかった。

うちの高校では、昼飯は大きく学食派と弁当派に分かれるが、彼女はそのどちらでもない。いつも、学食の購買でパンを買って食べる。

どうして僕が知ってるかというと、船岡が彼女の様子をずっと観察してて、それを何故か日々僕に、LINEで報告してきていたからだった。

≫今日は真白さん、ラムレーズンだよ
真白が昼食を食べる姿を、少し離れた草むらにかがんで隠れながら、双眼鏡で眺めるのが最近の船岡の日課のようだった。

「やめとけよ、悪趣味だな」

その草むらに、その日、僕も潜んでいた。携帯の電池が切れそうで、バッテリーを借りてて返しに来たら、こんなことになってしまったのだ。

「染井、真白さんと美術でペアって、俺マジうらやましいんだけど」

「変われるなら変わってくれ」

「俺、音楽だしな。変装したら染井になれる？」

「整形したらなれんじゃない」

クラスメイトが突然自分の顔そっくりに整形してきたら面白いよな、とくだらない妄想を一瞬、した。

「ちょっとさ、染井、俺のかわりに真白さんに話しかけてくんない？」

「なんでだよ」

「横の席だろ。それに真白さん、なんかチラチラお前のこと見てる気がするし」

そんなの、僕は気がつかなかった。

「ちょ、押すなよ」

船岡が半ば力ずくに僕を押し出した。植栽の陰から突然現れた僕に、真白は少し驚いたような顔を向けた。

「……そのパン、昼飯？」

見りゃわかるだろ、と思いながら僕は言った。真白の顔には警戒の色が浮かんでいた。こうなればもう半ばやけくそで、僕は彼女と同じベンチに座った。それでも、たっぷり一人分以上の距離をとって。

≫例の、聞いて

携帯に、速攻で船岡からメッセージが届く。

「染井くんって、いつも授業中も携帯見てるよね」

真白がちょっと呆れたように言った。

そういえば逆に、真白が授業中に携帯をいじってるところを、見たことがなかった。

今時、そういう生徒の方が珍しい。

「真白みたいに真面目(まじめ)じゃないんだよ」

≫今聞くよ

船岡に返信して、携帯を閉じる。

「今度の遠足なんだけど」

近くの山にハイキング。今どき根性が据わってるというか無謀(むぼう)というか、雨天決行らしかった。

「次のホームルーム、班決めやるんだけど。佐藤と船岡と僕の班に、真白も入らないか、って」

前から、船岡が言っていたことだった。真白さんを班に入れたいんだよね。

「いいよ」

あっさり言われて、僕はなんだか拍子抜けしたような気持ちになった。

「でも、そんなに嫌(いや)そうな顔で同じ班に誘ってくる人、私、初めて」

「嫌じゃないよ」

それから考えて、もう一言、付け足した。

「真白がうちの班に入ってくれて、とても嬉(うれ)しいよ」

「心がこもってなさすぎて笑える」

と、自分もニコリともせずに真白は言った。

吉野にメールしようとして、ポケットを探る。

あれ、っと思った。

携帯がなかった。

もちろん、そんなのよくあることだ。人生で一度も携帯電話を見失ったことがない人間なんて、この世に存在しないだろうと思う。でも僕は、少し慌てていた。理科準備室、廊下、生活指導部の落とし物コーナー、探しても、全然見つからない。

「諦めて新しいの買っちゃえば？」

焦る僕の姿を尻目に、佐藤が呆れたように言った。

「……それは別にいいんだけど」

「けど？」

「いや。アドレス帳とか、バックアップとってないしさ」

本当は、それはどうでもよかった。

ただ、吉野とのメールのログが消えるのが嫌だっただけだ。

そんなこと、佐藤には言わないけど。

僕は、誰にも吉野の話をしたことがない。

吉野は、高校が別だったたし、普段僕が顔を合わせる人間は誰も彼女の存在なんて知らない。

放課後、校舎のピロティを俯いて歩きながら携帯を探してたら、誰かとぶつかりかけた。

「ごめん」慌てて謝り(あやま)ながら顔を上げると、相手は、真白だった。

「何？」

微妙な、薄い緊張感(きんちょうかん)があった。

「携帯なくしてさ」

言い訳するように言うと、真白は少し考えるような顔してから、「手伝う？」と聞いてきた。

「いや、別に」

元々誰かに手伝ってほしいと思ってなかったたし、それになんとなく、真白に借りを作りたくなかった。

「そう」

真白は背を向けて歩いていった。

しばらくピロティを探して、でも見つからなかった。諦めようとしたとき「染井くん!」真白の声がした。振り向くと150メートルくらい遠くで、真白が手を振っている。そんな大声出せるんだ、ちょっと意外に思った。その真白の手が、何かを握っていた。

「これ! 携帯! 染井くんのじゃない?」

真白に近づいて、確かめた。

「ありがとう」

ひったくるように、真白から携帯を受け取る。

「……今、一瞬、中、見てなかった?」

僕が真白に近づくまでの数瞬、彼女が携帯を見たような気がしたのだ。

「全然」

そう言う真白の顔は無表情で、何も読み取れなかった。

To: 吉野

くだらないことばかり勉強して、かわりに君のこと忘れてくんだ

いつかきっと心も痛まなくなる

さっき携帯なくして、焦ったよ
この携帯、ずっと、君にメールするくらいにしか、使ってないんだけどさ

僕が最初にメールを送信したのは、吉野の告別式が終わったあとの、夜だったと思う。


ふと試してみたくなった。

まだ、彼女にメールが届くのか。
▽お前、なんで死んだんだよ
それは、子供じみた振る舞い(ふるまい)だった。

そのメールは初め、届いた。

携帯会社のサーバーに、彼女のアドレスは、まだ残っていたのだ。

吉野のアドレスは、末尾に携帯会社のドメインが入っている。携帯の契約と紐(ひも)づいた、キャリアメールと呼ばれるものだった。いずれ吉野の携帯電話の契約は、多分彼女の両親に解約されてしまうだろう。それと同時に、彼女のメールアドレスも消滅する。でも、それまでしばらく、アドレスはこの世に留(とど)まり続けることになる。
▽まだメールは生きてる?

僕はメールを送り続けた。吉野のアドレスが、削除されるところを、確かめたかった。いつかメールが届かなくなる日が来る。それがいつなのか、なんとなく知りたかった。

▽こっちは、まだ、生きてるよ

そして、吉野のメールアドレスが死ぬ日が来た。このメールは届きませんでした、素っ気ないメッセージが返ってきた。その日、吉野の携帯電話は解約されたのだと思う。

▽ダルい。なんでこんなに毎日ダルいんだろう？

それでも僕は、次の日もメールを送っていた。メールが届かないで、戻ってくる。それからも、僕はメールの送信をやめなかった。メールを続けた。

吉野のアドレスは、あの童話に出てくる穴だった。何を言っても誰も聞いてない、深く穿（うが）たれた暗い穴。そこに自分の気持ちを吐き出した。それで僕は心のバランスを保っていたのだ。

死んだ彼女に送る、届かないメール。

それは僕の、ちっぽけな現実逃避（とうひ）の手段だった。

❹

吉野には、初めて会ったときから、どこか危ういところがあった。

例えば彼女は、小説を書き出すと、止まらなかった。

集中が続く限り、ノンストップで指が動き続ける。

話しかけても反応がない。

そんなとき、彼女がどういう精神状態なのか、気になって聞いたことがある。

「突然、自分が小説に溶けてくみたいになって、意識が飛んでくの。自分が自分じゃないみたいに、指が勝手に動いてる。自分の意識が、そのまま小説になる感覚っていうか」

僕は全然違う。

いつも、たった一行の文章を書くのにも、ああだこうだ、余計なことばかり考えて、いっこうに進まない。

彼女は、その瞬間が来るのを、いつも待っているようだった。それが来ないときは、一切書かない。いつそのときが来てもいいよう、校則違反のノートパソコンを、いつも鞄に忍ばせ、持ち歩いていた。

一緒に学校から帰っていたとき、彼女にその時間が訪れたことがある。そういうときの彼女の顔つきは独特だった。心がどこかに行ってしまったような、特徴的な表情だった。

「染井くん、先、帰ってて」もう、何も目に入ってない。そのまま、近くの公園に入っていく。帰る気になれなくて、僕は後を追った。ベンチに座るなり、吉野はパソコンを開いて、そのまま小説を書き始めた。あの、いつもの調子で。

正直言って、僕は吉野のことがうらやましかった。

一度小説を書き始めると、ずっと集中している。その集中が止まることはほとんどない。悩みもなくスラスラと書いて、出来上がったものを読ませてもらうと、どれも、中学生が書いたものとは思えない。

吉野は小学生のときからずっと小説を書いていたという。

授業中も小説のことを考えて、心の中では妄想ばかりしている。

そのストイックさが、うらやましくもあり、僕はちょっと怖くもあった。

吉野は、小説家になれなかったら、どうするんだろう。

そうは言っても、小説家なんて、そう簡単(かんたん)になれるわけがない。

小説を書くことができる時間は、きっとこれから、どんどん減っていく。まだ僕たちは中学生だけど、そのうちつまらないことにかかずりあわなくちゃいけない時間も増えていく。

吉野を見ていて、心が死んだまま、生活を送っていけるイメージが湧いてこなかった。

僕は、吉野とは違う。

多分、全部中途半端だ。彼女みたいに、何もかも小説に捧げるような人間じゃない。

小説を書かなくても、生きていける。僕は、そういう類の人間だ。

「染井くんは、どういうとき、ああ、生きてるなぁ、って実感する？」

公園で一時間近く、ずっと小説を書いていた吉野の指が、急に止まった。そしていきなり、そんな質問を僕にしてきた。

「わかんないよ」

「私さ、小説書いてるときしか、生きてるって実感が持てない」

そういう吉野の顔は、でも、どこか寂しげだった。

きっかけ、というほどの、何か大それたイベントが、僕の人生にあったわけじゃない。

ただ、あるとき、うまく言葉を話したり、書いたりすることが、できなくなっている自分に気づいた。

人とうまく話せない。

自分の話す言葉が、まるで自分の言葉じゃないような、不思議な感覚があった。まるで誰かに無理やり喋らされているようで、それが気持ち悪くて、僕は喋るのをやめてしまった。

小学四年生の頃だった。

なんだか虚しい気持ちだけがあった。

休み時間も、家族とどこかに食事に行っても、何をしてても、心の底から楽しめないでいる自分がいた。

人の噂話や、テレビの芸能人の話、そういう会話に、何も意味を見出せなかった。

クラスの連中と喋ってるとき、自分が、ただ相槌を打つ機械になった気がした。

それで僕は、話すのをやめた。

急に無口になった僕に、誰もが気味の悪そうな視線を投げかけた。

それでも僕は喋らなかった。

本当に一番酷かった時期、僕は一日、誰とも口をきかなかった。家族やクラスメイトに話しかけられても無視をするだけでなく、学校で先生に当てられても返事をしない。

いつからか、僕は休み時間に外で遊ばなくなり、かわりに図書室で過ごすようになった。

僕の小学校の図書室がもっと賑やかな場所で、毎日人で溢れていたら、もしかしたら僕は小説に触れることのないまま、成長したのかもしれない。いつも図書室で時間を潰してるうち、自然と、本を読むようになった。

これが求めていたものだったのかもしれない。そう思った。

言葉が欲しかった。

おはよう、こんにちは、ダルい、おめでとう、いいね、マジか、死ね。

そんな日常の、ありきたりな言葉のやり取りからこぼれ落ちる何かに、自分の居場所があるような気がした。そのときどきの気持ちを、小説は、言葉にしてくれる。一行や二行じゃ収まらないような、複雑な気持ちを。

それから、見よう見まねで、小説を書き始めた。

ノートパソコンの横に、誰か小説家の本を置く。文体を真似るように、小説を書いた。

小説を書いてるときだけ、生きてる気がするのは、本当は僕も吉野と同じだった。

そんなこと、言えなかったけど。

僕もパソコンを部室に持ち込んで、吉野と一緒に小説を書いた。吉野の流れるようなタイピングの音をBGMに、たどたどしく、小説を書いた。いつも放課後、毎日二人で。

その頃僕がやっていたのは、文体模写だった。要するに、物真似だ。

僕は他人の小説の文章を真似るのが好きだった。

そうしていると、なんだか、自分が、尊敬する小説家に近づいていけるような気がした。

何より、僕は、自分が真剣に書いた原稿を吉野に読ませる勇気がなかった。だからかわりに、そんな小説を渡して吉野に読ませていた。

吉野はそれを読んで、いつもケラケラと、楽しそうに笑った。

「村上春樹風にグレッチでピザ屋を何回も襲撃する短編、すっごく面白かった」

「次あれの続き書いてよ。町田康がもし百人の武者小路実篤だったら」

当時の僕は、吉野をただ笑わせたくて、小説を書いていたかもしれない。

軽音部の連中が放課後、ビートルズや、RADWIMPSを演奏してる感覚に近い。自分オリジナルの作品を書くより、それは気安く書ける小説だった。

昼休みも、買ってきたパンを昼飯に食べながら、二人で小説を書くことが多かった。ある日、吉野がパンを買ってきて、僕にくれたことがあった。お礼を言って、僕はそのパンを食べた。吉野はその日少し体調を崩していたらしく、トイレに行ったきり、中々帰ってこなかった。先に食べてていいよ、と言われていたので、僕は小説に集中しながら、目の端でパンをかじった。

「あれ、私の分は？」

帰ってきた吉野が、不思議そうに言った。手元を見ると、二つ分のパンの空袋があった。

「信じられない！　染井くん、絶対彼女できないよ！」

吉野は殺意の込もった目で僕を睨んでいた。買い直しに行こうにも、購買部のパンは元々数が少なめで、すぐに売り切れてしまう。どうしようもなかった。

「ごめん」

謝っても、吉野は相当腹が立ってるらしく、怒ったような顔を崩さなかった。

しばらくして、吉野のパソコンから音楽が鳴り出した。それは、珍しいことだった。普段吉野は小説を書くとき、音楽を聴かない。

「何この曲？　なんか暗いね」

その歌声は、フランス語か何かに聞こえた。

じとっとした粘り気のある視線で吉野は僕を睨みながら言った。

「暗い日曜日」

ぎくっとした。

聴いたことがなくても、曲名とその存在くらいは知っていた。多分、ハンガリー語だ。

その曲は、一九三〇年代にハンガリーで発表された。失恋と自殺をテーマにしたその曲の内容に影響され、聴いた後に自殺する人が大勢いたという。嘘（うそ）か本当かわからないけど。それでこの曲は、ＢＢＣで放送が禁止された。

聴いた人が死ぬ歌。

「そんなに怒らなくてもいいだろ！」

つまり吉野は、暗に僕に「死ね」とメッセージを送っていたわけだ。

何か言い返してくると思ったけど、吉野はもう怒りを忘れたのか、ふと名案を思いついたような顔で僕に言った。

「小説で人を殺したりできるのかな？」

それで染井くんを殺してやりたいよね、と吉野は目を見開いてつけ加えた。やっぱりまだ、怒りは収まっていないらしかった。

「読んだ人が人生に絶望して、自殺しちゃうくらい暗い小説とかさ」

小説で人を殺す、そんな妄想に取り憑かれて、僕たちはしばらくお互いに、そんな小説を書きあったことがある。ふざけていた。もちろん、小説なんかで、人が死ぬわけがない。僕たちはそんな遊びを通して、むしろ、小説の無力さを確認していたのかもしれない。

そのとき吉野が書いた小説は面白かったので、吉野はそれを少し改稿して、小難しい味付けにして、文学賞に応募することにした。

「もし私が死んだら、このノートパソコン、海に沈めてね」

ある日吉野が言った。

「急に何言い出すんだよ」

中一で、自分が死ぬかもしれないなんて、普通考えない。

「人生、何起きるかわかんないし」

パタン、と吉野がノートパソコンを閉じて、それまで半ば隠れていた彼女の目がまともに僕に向いた。

「人に見られたくない？」

「書きかけの原稿は、とくにね」

そういえば、吉野の書きかけの原稿を読んだことは一度もなかった。いつも僕が読ませてもらうのは、完成したところだけだ。

「それに、私、日記書いてるから」

「日記？」

僕はちょっとおかしくなって小さく笑った。

「小説のネタになればいいって思って。染井くんのことも書いてるよ」

「へー、読ませてほしいね」

「死んでも嫌だ」

吉野の中には、人に読ませていい文章と、読ませたくない文章、という線引きがあるようだった。

「でもさ、カフカの例もあるだろ」

生前、ほとんど無名な小説家でしかなかったカフカの未完成の長編原稿は、友人の小説家であるマックス・ブロートの手によって出版され、今ではその未完の大作は、世界中で読まれている。

「それでもカフカは読まれたくなかったと思うよ」

カフカは生前、自分の原稿は全部燃やしてくれ、とブロートに遺言を残していた。

「いつか人は死ぬからさ」

吉野は眠そうに言って、パソコンを鞄にしまった。

「そのときはお願いね、染井くん」

二人で部室を出るとき、どこか寂しそうに、吉野は言った。

ほとんどずっと、一緒にいた。

でも、一緒にいた時間の長さに比べれば、会話した時間は比較的少なかったと思う。お互いに、小説を書くか、読むか、そればっかりだった。

僕と吉野は、決して普通の意味で友人とは言えない間柄だった。吉野は小説以外の話題をあまり好まなかった。僕がそれ以外の話題を振ると、途端に興味をなくして、ときには相槌を打つことすら放棄して、つまらなそうな顔で黙っている。思えば、僕は吉野に対してだけ心を開いていたのかもしれない。吉野だけが本音を喋れる相手だった。でも彼女はきっと、僕に心を開いてなかったと思う。吉野はきっと、誰にも心なんて開いてなかったんだろう。

小説に対して以外は。

僕たちは、小説を通してだけ繋（つな）がっていた。

一つ学年が上がって中二になり、吉野と同じクラスになっても、その関係性は変わらなかった。

そんな日々が、まだしばらくの間は、続いていくと思っていたのだ。

吉野が、小説家になるまでは。

夜に家で晩飯を食べてたときに、吉野からメールがあった。

▼今、染井くんの家の前にいるけど。出てこれる？

ビックリして箸（はし）が止まった。吉野が家に会いに来ることなんて、それまで一度もなかった。近所で、家の場所くらいお互い知ってたけど、部屋の中に入ったこともない。

僕は慌てて箸を止めた。いぶかしがる母親を無視して、外に出た。

玄関の外、道路脇の水銀灯に、吉野がもたれていた。

「なんだよ急に」

「私、受賞した」

一瞬、何言ってるのか、わからなかった。

「青娼の文芸新人賞、選考委員奨励賞だって」

嘘だろ、と思った。

いくら吉野の小説が面白くたって、まだ中二だ。それで受賞するなんて、滅多にある話じゃない。

中学生で小説家になるなんて、まるで現実味がない。

「今度雑誌に作品が載る。春に単行本も出すって」

どこか、興奮してるみたいな声だった。抑えきれない、みたいな。

吉野が小説家になる。

その事実を何度も頭の中で咀嚼して、受け入れようとする。でもやっぱり現実感がなかった。

家に上がってよ、っていう雰囲気でもなかった。どちらから言い出すでもなく、なんとなく、夜の住宅街を二人で歩く感じになった。ジャージにTシャツ、吉野の私服はラフだった。多分、どうでもいいんだろう。聞くと、さっき出版社から電話があって、すぐに家を飛び出して僕の家に来たらしい。そのへん吉野も、中学二年生だよな、と僕は冷静に思った。

「吉野が小説家か」

自分だけ置いていかれる気がして、素直に喜べなかった。吉野は小説家になる。そして、ただの、そのへんにいる中学生のままの僕。

僕の家からしばらく歩いて、人けのない児童公園にたどり着く。夜はいつも、あまり人がいない。

「賞金は？」

「二十万」

「すごいな。賞金で何買うの？」

「本かな」

二十万あったら好きなだけ本が買える。中学生には大金だ。しばらく、くだらない金のことなんか考えないでいられる。

公園の真ん中で立ち止まった僕に対して、吉野は落ち着かない感じで、僕の周りをぐるぐる歩いて回った。僕がコンパスの針としたら、そのペン先が描く軌跡のように、吉野は夜の公園を歩いた。

「中学生、早熟(そうじゅく)の天才作家、衝撃のデビュー」

僕が無理してからかうように言うと、吉野は苦笑いした。

「何それ」

「吉野のキャッチコピー」

「きっとすぐ、Amazon のレビューで、星一つ、つけられるよ」

デビュー後の世評とか、気にしてるのが意外だった。もっと我関せずだと思ってた。

「あのさ、吉野」

「私、落ち着いてるよ」

吉野は全然落ち着いてなかった。熱に浮かされたような顔を、僕に向けていた。

「ずっと怖かった。他に私、何もないから」

荒い呼吸を整えるように彼女は、ゆっくりと息を吸って吐いた。

「よかった」

「うん。本当によかった」

僕はただ、そう言った。

吉野が落ち着くまで、付き合うつもりだった。ベンチに座って、吉野に手招きする。最初に、染井くんに言いたくて」

「まだ、家族にも言ってないんだ。なんか、喜んでもらえないような気もして。最初に、染井くんに言いたくて」

でも彼女は、こっちに来ることなく、ただ黙って僕を見ていた。それで同じように僕も、彼女を見返した。

「私、ずっと一生、小説書きたい」

すぐそばにいるのに、何故か、彼女の姿が、すごく遠くにあるように見えた。砂漠のオアシスの蜃気楼（しんきろう）みたいに、幻（まぼろし）みたいに彼女が見えた。

「そんなに小説書いて、吉野に何かいいことあるの？」

きっと吉野は、これから、今までよりもっとずっと、小説にのめり込んでいくんだろう。そう思うと、僕はなんだか少し、怖くなって言った。

「そうまでして、吉野には何が残るの」

「私には何も残らなくていいんだよ」

吉野は純粋にそう言った。

「全部小説に残ればいいから」

やがて吉野は、僕を何故か睨むように見た。多分、睨んでるつもりはないんだろうな、と思った。でも、強い目つきだった。

「私さ」

息を一つ、吸い込む。

「小説で、世界を変えたいよ」

夜の、あたりの空気を震わせようとするように、声を吐き出した。

「この生きづらい世界を壊して、もっと、違う世界にしたいよ」

彼女が、何が言いたいのか、僕にはわかった。

たしかに。

なんでか知らないけど、現実って、生きづらい。

でも、何言ってるんだ？とも思った。

小説で世界を変えたい。

変わるわけないだろ。

そう言いたい自分を、僕は抑えた。

現実は強固で、説得して、はいそうですか、わかりました、って簡単に変わってくれるような存在じゃない。

小説なんて、誰も読んでない。まして、ほとんどの人にとって、それはただの娯楽でしかない。いくら感動しても、いくら泣いても怒っても、二、三日したら忘れて、また元の日常に戻るだけだ。

でも、吉野なら、もしかしたら変えられるんだろうか？

彼女は、そんな特別な存在なんだろうか。

「さすが小説家。言うこと、違うな」

僕は揶揄(やゆ)するようなことしか言えなかった。

「染井くんは、小説家じゃ、ないの？」

「違うよ」

「じゃあ、何？　小説家の定義は？」

「プロかどうか。僕はプロじゃない。ただの中学生」

「小説を書いてる人間はみんな、小説家だよ」

「適当なこと言うなよ」

「私、先に行って待ってるから」

吉野は寂しそうに僕を見て言った。

「きっと無理だよ、僕は」

そうやって僕は、自分の気持ちに予防線を張ることしかできないでいた。

⑤

「それで、来週の遠足だけど。山頂で料理するの、手分けして材料を買う必要があります」

五時間目、ホームルーム、こないだから言ってた遠足の話だった。僕たちは、四人でグループを作った。僕と真白、佐藤と船岡で。

「お昼ご飯を何にするか、それが問題です」

佐藤が人生の一大事みたいに言った。生徒の自主性を尊重する、というよくわからないイマドキ風の建て前で、昼飯に何を作るかは自主裁量に任されていた。

「ちょっと、染井、聞いてる？」

「……あー、カップ麺(めん)でよくない？　お湯くらい沸かせるだろうし」

「テキトーすぎるでしょ！　もっとちゃんと考えてよ」

佐藤がキレた。

「いや、僕はマジなんでもいいから、決めてくれよ。決まったことには従うからさ」

「染井は本当いつも、何でもいいよね。ことなかれ主義系男子だ」

「そんな男子あるのか」　男子界隈も大変だ。

僕と佐藤が微妙に険悪な空気になったところに、割って入るように真白が口を開いた。

「私、お寿司食べたい」

「……真白さんってちょっと天然入ってる？」

佐藤が怒りの矛先を真白のトンデモ発言に向けた。

「私、ウニ食べたい」

「却下。船岡事務次官の意見は？」

「焼きそばとか？」

「あー、あー、ＢＡＤ。無難に無難を重ねる公務員的発想だね」

「佐藤遠足担当大臣、お言葉ですが、遠足の昼飯で奇跡起こしてどうするんだよと思いますよ」

そう、船岡が反論すると、佐藤は今まで発言のタイミングを見計らっていたのだとばかりに、ドヤ顔で持論をぶち上げた。

「お好み焼きってどう？」

「面倒くさいな」「面倒くさいよ」「面倒くさいです」

僕たち三人が即座に反対すると、さすがに佐藤も少しひるんだ。「え。ダメ？」

「全然ダメだよ。僕は船岡に一票。焼きそばが二、寿司が一、お好み焼きが一、焼きそばに決定で」

面倒くさくなったので焼きそばで話をまとめた。本当はバーベキューでもすれば面倒くさくない気がしたけど、それを言い出すといよいよ収拾がつかなくなる気がしてやめた。佐藤はその後も「民主主義がこの国をおかしくしている……」とかブツブツ不平を言っていたけど、それは全員で無視した。

結局昼飯はそれで焼きそばに決定して、佐藤が調理道具や調味料その他、真白と船岡が食材買い出し担当、ということで結論に達した。

「いや、染井は何すんの？」

「じゃ、山登るとき、昼飯用の荷物は僕が全部持つよ。それでいいだろ」

と言って、佐藤を納得させ、それでその場はとりあえず収まった。

To: 吉野

遠足サボる良い言い訳、なんかないか？

ダルいんだよ

六時間目の授業は数学だった。

「この、ｉという数のことを、虚数（きょすう）という。実数と違って、具体的に数えるときには使用しない。二乗するとマイナス１になる数のことだ。この世に存在しない数だな。それで虚数という」

「先生」

しゅっ、っと元気よく佐藤が手を挙げた。その途端、クスクス笑いが教室に広がった。

「それ、人生何の役に立つんですか？」

多分教室の誰もが思っていたことを、佐藤は言っていた。でもそういう彼女の振る舞いが、僕は正直、好きではなかった。そんなこと言ってもしょうがないじゃないか、そう思った。

「ちょっと難しい。普通は今教えないことなんだけど。例えば、普段使う実数の軸をｘ軸だとする。ここに、虚数の軸を用いることで、概念を広げることができる」

数学の教師はそう言って、黒板に図を描いた。

「この図を、複素平面という。別にメモしなくていい。テスト出さないから」

「概念が広がるとどうなるんですか？」

「例えば、今まで解けなかった方程式が解けるようになる」

「方程式が解けたらどうなるんですか？」

「気分がいい」

教師がそう言うと、クラスの何人かが、また、小さく笑った。

「私は、数えられない数字についてなんて、考えるだけでなんだか気分が悪いです」

腑に落ちない顔で、佐藤は自分の席に座った。

「この世に存在しない虚数が、仮に、ある、と考えることで、これでも人類は発展してきたんだ。その知識の一端を、今、教えてる」

わかるようなわからないような、やっぱりわからない話の途中でチャイムが鳴って、それでその日の授業はお開きになった。先生は話したりなさそうな顔をしていたけど、聞きたりなそうな顔をしてる生徒は僕の見た限り一人もいなかった。

放課後教室で、吉野にメールを打ってたら、ふと、誰かの雰囲気がした。顔を上げると、佐藤がすぐそばで、僕を見ていた。

「また、出会い系？」

佐藤はどこか呆れたような口調で僕に言った。高一で同じクラスだったときから、彼女は勝手に、僕が吉野にメールしてるのを、リアル（現実）以外で異性を探してる、という風に冗談半分に解釈していた。

慌ててスマホの画面をロック状態に戻して、佐藤の方を向く。

「でも、なんでメールなの？」

「……あー、相手がガラケーなんだよ」

「古風で奥ゆかしい出会い系だね。ね、それさ、実際に、会ったりしないの？」

「しないな」

「じゃあ、出会わない系だ」

うるさいんだよ、と思った。

「何か、染井って、もう一つの世界があるみたい」

「もう一つ？」

「例えばさ、私たちって普段学校で会って会話してるけど、他にも世界を持ってるでしょう？　別にそんなに大げさな話じゃなくて。部活の中でも別の世界があるし。習い事とか、バイトとか、そういうの。でも、その染井の別の世界は、現実にはないんだよ」

もしかしたら佐藤は実際のとこは、僕が何かネット上に別の人格(アカウント)を持っていて、そこでの人間関係にはまり込んでいる、という風に思っているのかもしれなかった。

「きっと本当の染井は、虚数軸上にいるんだね」

そう言って佐藤は、黒板に残ったままになっていた、あの六時間目の数学の図を指し示した。

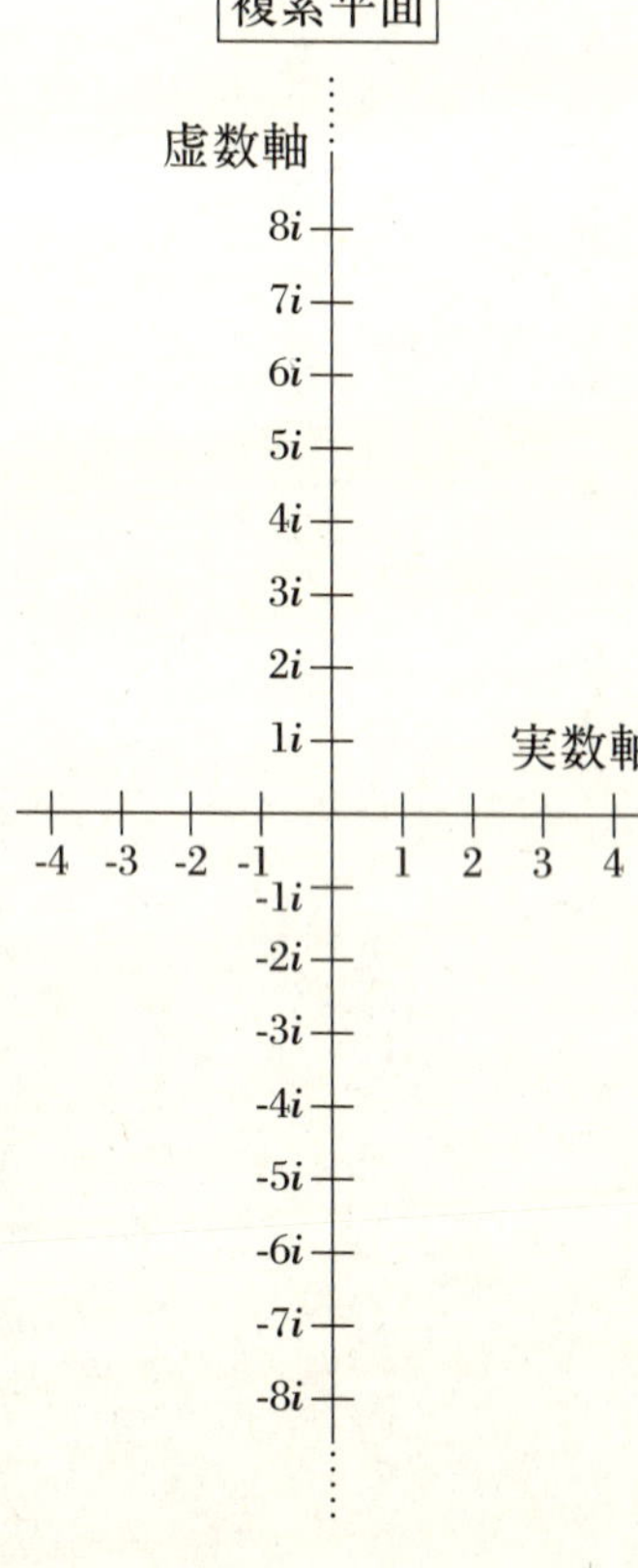

「現実の軸がゼロなんだよ」

「そんなことないよ」

一瞬、呆気(あっけ)にとられている自分がいた。佐藤の言うことに、なんだか少し、納得しかけている自分が嫌だった。

「だから、私たちとは本音で向き合えないんでしょう？」

「違うよ」

でも言いながら、そんなことあるかもしれない、と僕は思った。

「遠足の買い出し、やっぱりみんなで行かない？　って真白さんが」

急に思い出したように佐藤が言った。

「あー、行けたら行く」

「ほら、やっぱり。それ、来ないよ」

「なんでそんなこと言うんだよ」

「染井、高一の最後のクラス会のときもそうだったでしょ」

たしかに、高校一年のクラスの三学期終業式終わりに、ちょっとした食事会みたいなのがあって、僕は結局それをサボったことがあった。とくに理由もなく、ただ単にダルかったのだ。

「何かやるとき人数に数えられないんだよね、染井って」

ちょっと気まずい沈黙になった。

それを破るように、佐藤がまた真白の話題を出した。

「真白さんってかわいいよね。染井もドキッとしてたでしょ。初日の朝、話しかけられたとき」

たしかに、ドキッとはした。でもそれは多分、佐藤の憶測の意味とは大分、ズレている。とはいえ、そのことを、僕は説明する気がなかった。

「船岡なんか、すっかり舞い上がっちゃってるもんね」

そういえば最近の船岡は、ずっと真白の話をしてる気がする。ＬＩＮＥとかでも。

≫遠足で、真白さんと何話せばいいと思う?

佐藤と教室で別れて、学校帰りの道を歩いてたとき、そんなＬＩＮＥが船岡から飛んできた。

≫楽しくて明るい話?

≫それって具体的に何よ

≫僕、楽しくも明るくもない人間だからわからない

≫そんなこと言わずにさ～

ふっと、吉野が死んだ日のことを思い出した。彼女の死は、小さく夜のニュースで

流れて、ご冥福をお祈り申し上げます、それから、ニュースキャスターの人は急に口元だけ微笑んで、別の人格が乗り移ったような明るい声で、次のニュースを読んだ。

≫動物園にパンダが生まれました、とか？

≫バカだと思われるだろ

≫相手の好きな物事に話を合わせていくとか？

≫だから、具体的に何だよって

≫真白さんウニ好きなの？　俺っちはイクラが好きでさ～食べずに潰すのがとくに好きでさ～

≫動物から離れてくれ。あと、俺は「俺っち」とか言ったことないしそんなにサイコじゃないし

≫植物の話にする？　多肉植物は好き？　俺はセンペルビヴム亜科のツメレンゲが好きだな～

≫もっと等身大にラブな話題ないの

≫親戚のお姉さんが無職で多重債務者の彼氏の子供妊娠してさ～？？

≫生々しいし暗いし俺に親戚のお姉さんいないし

≫いなきゃ作ればいいんだよ、話だけで

≫なんか染井ってそういうとこあるよな

≫ん？

≫真面目そうに見えて、いつも微妙に適当っていうか。だってもし付き合ったらそんな嘘すぐバレるし、話だけじゃ済まないんだから。現実的な話さ

船岡は心根のところが真面目なんだな、と思った。そういうところが苦手だな、とも思った。

≫ごめん、反省してる、明日から心入れ替えて頑張る、とりあえず今日頭丸めてくる

≫いや反省しすぎだわ

適当にそのへんで船岡との会話は打ち切って、横断歩道を渡った。

横断歩道の真ん中で立ち止まって、横を見た。広い車道が、視線の先までずっと続いてるのが見えた。その地平線に、オレンジの太陽が沈んでいくのを見たとき、ふいに、心の底から、自分の日常が、とても虚しいもののように思えた。

何もかも面倒くさいな、心の底から面倒くさいな、全部投げ捨ててどっか外国に旅立ちたいな、と非現実的なことを思った。

そんなの実行できないから、かわりに、僕は吉野にメールした。

To: 吉野
日々の生活は退屈で、
吉野、君が死んでから世界が色褪(あ)せて見える
君は、この世界を、ちゃんと壊してくれるはずだったのに

ふらっと、駅近くの本屋に寄った。

本を買うために行ったわけじゃない。

中に入ると、相変わらず、今でもバカみたいに吉野の本が平積みされていた。

『夭折(ようせつ)した天才　吉野紫苑』

そんな帯文と一緒に、今でも吉野の本が店頭に並び続けているのは、やっぱり、彼女が十代で死んだからだと思う。

若くして死んだ作家の本は売れる。

こないだなんか、電車の中で、吉野の本を読んでる人を発見したくらいだ。吉野の物語はこの世界にどんどん拡散していく。

でもいずれそれも終わる。

▽この程度で君は、満足なのか？

僕は本屋に来ると、いつも、本棚を押し倒す自分のことを想像してしまう。綺麗に陳列された本を次々無言で投げ続ける自分の姿がふっと浮かんで、苦笑しそうになる。毎日、たくさんの小説が生み出されて、消えていく。人が一生で読み切れないくらい、大量の小説が、次から次へと生み出されては消えていく。大抵の本が、取るに足らない内容だ。もう、少ししたら、本屋から消えて、誰にも読まれなくなる。

一ヶ月後に店頭に残ってる本なんて、一握りだ。一年後は？　十年後は？　百年後はどうなるんだろう？

「私さ、百年後に自分の小説が読まれてるかどうかにしか興味ないんだよね。今のこの現実なんか、心の底から、どうでもいいって思ってる」

吉野は、生前、そんなことを言っていた。

本当にこんな程度で、百年後にも、自分の小説が読まれてるつもりなのかよ？

そう、僕は思う。

吉野紫苑は、多分、消える。

それが一年後か十年後かわからないけど、十年以内には多分消えるだろう。若くして死んだが故に、今は売れているけど、死ぬのが早すぎた。吉野は代表作を残していない。いつまでも読まれ続ける作家とは思えない。きっと、歴史の中に、簡単に埋もれてしまうだろう。落ち葉の下の、虫の死骸(しがい)のように。誰の目にも止まらない。そして忘れられていく。

君の小説は、全然だ。

ただ、くだらないゴシップと共に、消費されていくだけだ。

爆弾なんかになれてない。君の小説は、不発弾だ。

現に今も、仕事帰りの男女が、学生が、平然と、普通の顔して本屋を行き交っている。君の本を素通りして、別の本を買っていく。

▽これが現実だよ

吉野が死んでから、僕は一度も小説を読んでない。

あれほど好きだった小説も、僕はもう今は、読むことも書くこともなくなっていた。

吉野が死んでから、そういうものに対する情熱が、急に消えてしまった。

読もうとしても読めなかったし、書こうとしても書けなかった。

もう小説家になりたいとも思ってない。

自分は何者にもなれないんだろうな、と思う。

僕は何も買わず、外に出た。

その瞬間、ポケットの中で携帯が震えた。立ち止まって、見る。
新着メールが一件。
でも、一体、誰から？

From: 吉野
　現実に期待なんかするから駄目なんだよ。

吉野のアドレスからのメールだった。
ぞっとした。
意味がわからなかった。
何が起きてるんだ？
何度も、アドレスを、確かめる。
wprjmtt4663@sofom.ne.jp
間違えるはずがない。
それはやっぱり、吉野のアドレスだった。
あり得ないことが、起きていた。

これは、現実だ。

僕が生きているのは現実だ。

小説じゃない。

死んだ人間が生き返ることはない。

そんなことは絶対に起こり得ない。それが現実だ。

考える。あり得そうな可能性について。どうだろう。例えば、そのメールは誤配された。何かシステムのトラブルで、誰かが送ったメールが、偶然僕に届いてしまったとか。

だから僕が吉野にメールすれば、いつものようにまた届かずに返ってくる。

To: 吉野
　お前、誰だ?

メールを送信した。

次に、自分のメールボックスを確認する。

一回限りのエラー。

それならよかったのに。

いつもの、メールが届かなかったことを示す、あの自動返信が、ない。

届いてしまっている。

それからしばらく待っても、吉野のアドレスからのメールは返ってこなかった。

僕は、混乱していた。

第二章

my love i

❶

吉野の受賞が決まった夜から、一ヶ月くらい経った日の朝、彼女から電話がかかってきた。そのとき、季節は夏休みになっていた。

「今から出てこれる？」

面倒くさいな、と思いながら、僕は外に出た。ジーンズにTシャツ、というラフな格好で。

「おはよう」

僕の家の前に立っていた吉野の姿を見て驚いた。

いつもとは、あまりに違っていた。

普段は私服だと、男の僕と変わらないような、無頓着な服装をしてるのに、その日彼女は黒いワンピースのドレスを着ていた。

それに吉野は、化粧をしていた。中二で化粧をしてる奴、いるにはいるけど、みんながみんなじゃない。吉野がそんなことするなんて、信じられなかった。

「何やってんだよ」

ビックリして、思わずそう言った。宇宙人に、頭を乗っ取られたのだろうか、くだらない妄想が頭をよぎる。

「遠足、行こうよ。二人で」

吉野は、少し照れたような顔して僕に言った。

「……はぁ？」

面食らったが、言動が突拍子もない点においては、ある意味いつも通りではあった。

「染井くん、お願い」

吉野は僕をじっと見て、言った。

「今日は予定もないし、いいけどさ」

別に、「今日は」ということもなく、その頃いつも、僕には予定がなかった。吉野以外に普段、口を利く相手すらいなかったのだ。

「で、どこ行くんだよ？」

「秘密」

電車に乗って、京都駅へ。

ちょっとここで待ってて、と言われて、売店の前で待たされた。数分して、戻ってきた吉野の手には、新幹線の切符が握られていた。

行き先を見ると〈東京〉と印字されていた。

「そんな遠出なの？」

せいぜい、どこか図書館とか。その程度だと思ってた。

「火星やオリオン座やカリフォルニアに比べたら、東京なんて近所だよ」

「お前、無茶苦茶言うなよ」

「ほら早く。新幹線、出るから」

そのまま無視して帰ってやろうかと思った。でも、吉野の様子がいつになく真剣に変で、そのまま東京に行かせるのが、ちょっと心配になった。

結局言われるまま、二人で新幹線に乗り込んだ。

「何故に東京？」

二人席、通路側に座りながら僕は呆れて彼女に言った。

「染井くん、逆に私とどこに行くつもりだったの？」

「何言ってんだよ」

「とにかく、ついてからのお楽しみ」

吉野はにやりと笑って、僕を見た。

「じゃ、私寝るから」

すっと目を閉じて、それきり、吉野は口を開かなかった。

なんなんだよ、思いながら僕も座席の背もたれを後ろに倒した。

しばらくして、ふと、肩に何かの感触があった。見ると、吉野の頭が乗っていた。

起こそうか一瞬迷う。

吉野を見る。

どこかにデートに行くみたいだ、と思った。自分以外の誰かと。

こう見ると、吉野が、まるで普通の女の子みたいに見えた。綺麗な、楽しく人生を謳歌（おうか）しているただの女の子に。

もしかしたら、こんな時間はもう二度と僕たちの間に訪れないのかもしれない。そんな気がした。

結局僕は、吉野をそのまま寝かせておいた。

何するでもなく、窓の外を見たりして、時間を過ごした。

新幹線が品川を過ぎて東京駅に着く頃、僕は吉野を揺すった。

「ん……もうついた？」

「で、何駅に行くの」

「四ツ谷(よつや)」

電車を乗り継いで、四ツ谷駅のホームに降り立つ。

「こっち」

吉野は携帯の地図アプリを起動させて、僕に見せた。モードが、行き先までの道順を教えてくれる自動音声に導かれるまま、東京の道を歩いていった。「この先、右に曲がります」いちいち親切に教えてくれるモードになっていた。

「なんか、方向音痴の人みたいだな」

「みたいっていうか、事実方向音痴だからしょうがないね」

やがて目的地が近づいてきたらしい。自動音声の口ぶりから、それがわかった。

やけに大きくて厳(おごそ)かな建物の前にたどり着いた。何か、結婚式の会場とかに使われてそうな、立派な建物だった。

「何、ここ」

「中、入ればわかるよ」

僕たち以外に、建物に入ってく人の姿が目についた。誰もが、スーツとかタキシード、女性もドレスアップしていて、やけにフォーマルな服装をしてるのが、気になった。中には、着物を着てきてる女の人もいた。一体何だろう、まさか本当に結婚式？

僕は妄想した。吉野の親戚の結婚式とか。君は誰だ。染井といいます。どういう関係だ。……どういう関係だ？

「吉野さん、本日は遠方からお疲れ様です」

建物の入り口近くにいたスーツの男が、僕たちに近づいてきた。吉野の知り合いらしい。二十代後半くらい、髭面の男。アクが強い感じに見える。胸に名札がついている。

「淡路さん、初めまして」

吉野は初めて会うような口ぶりでそう言った。なのに、名前を知っている。不穏だった。なんだろう。出会い系？　まさか。

「実際にお会いするのは初めてでしたね。わかっていたことですが、やっぱり、随分お若いんですね」

「まぁ、中学生なので」

「あの、失礼ですが、そちらの方は？」

淡路さんは僕を見て、怪訝そうな顔をした。僕が来る事実を一切知らされていなかった、という顔だった。

「染井くんです」

淡路さんは僕をじろじろ見て、ちょっと気まずそうに言った。

「あの、今日は基本的には、関係者しか来れないことになっているのですが」

「染井くんは、小説家です」

いきなり何言い出すんだよ。全然存じ上げなかったので。彼も随分若いんですね」

「あ、失礼しました。全然存じ上げなかったので。彼も随分若いんですね」

淡路さんはスラックスの後ろの尻ポケットから皺々になった革の名刺入れを取り出し、僕に名刺を差し出してきた。見ると、「青娼編集部　淡路広之（ひろゆき）」と書かれている。

「おい……まさか………」

僕は吉野に抗議気味に言った。

「ただ、なんて言うんですかね。今日の授賞式、染井さんに招待状は……」

嫌な予感が、当たった。

「授賞式かよ」

「そうだよ？　言ってなかったっけ？」

吉野は悪びれなかった。

「……私、染井くんが一緒に来てくれないなら、授賞式、出ないですから」

吉野は、真顔でバカなことを言った。

「本気ですか？」

「冗談言ってるように見えますか」

淡路さんは小さくため息をついて、自分の胸につけていた名札を外した。それから、名札を裏返し、胸ポケットからサインペンを取り出して、そこに「染井」と書いて僕に手渡した。

「その格好、もう少しなんとかならなかった？」

淡路さんは呆れたように僕の服装を見て言った。急に言葉遣い（ことばづか）が砕けた。Tシャツにジーンズ。たしかに、場違いすぎる。

「いや、僕帰ります……」

と言った僕の腕を、吉野はがしっとつかんだ。力、強かった。

淡路さんはもう一つ、あらかじめ用意していたらしい、きちんと名前が印字された吉野の名札を取り出して、彼女に手渡した。

「じゃあ、行きましょうか」

淡路さんは面倒くさそうに僕たちを中に入るようにうながし、自分も歩き始めた。吉野は無表情で淡路さんの後に続いた。それを追って歩く。

「僕、いいんですか？」

「よくないけど。まぁ、なんとかなるでしょう。多分」

淡路さんは目も合わせずに言った。投げやりな言い方だった。

建物の中、会場の通路は広く、赤い絨毯(じゅうたん)が敷(し)かれてて、そこを何人かの人たちが行き来していた。授賞式の参加者だろうか。

「見て。染井くん。あの人、行方尚助(ゆきかたしょうすけ)だ」

見ると、吉野が指さした先に、でっぷり太った中年男がいた。僕は、よくわからなかった。

「誰それ？」

僕が言うと、通路にいた人たちが一斉に僕たちを振り返った。吉野は退屈そうな顔で答えた。

「知らない？　三年前、『鵺(ぬえ)のスープ』で文学賞とった小説家」

「面白いの？」

「それはつまんなかったかな」

「なんかつまんなさそうだな」

「あのね。君たち、口、つつしんでもらえますか？」

淡路さんが怒ったように言ってきた。

「一緒にいる俺の立場まで危うくなるでしょうが」

「すみません」

僕は一応形だけ謝った。通路じゅうの人たちが僕たちのことをまじまじと見ていた。

「この人たちみんな小説書くんだ」

吉野は周囲を逆に見返して、動物園の珍しい猿でも見るように言った。

「なんかみんな性格悪そうじゃない？」

「吉野さん」

淡路さんは立ち止まって、吉野と、それから僕を、交互に見た。

「お口チャックでお願いします」

「はい」

吉野は自分の口元に親指と人差し指を持っていって、口元の線に沿って横に指先を引いた。チャックのジェスチャーらしい、と遅れて気づく。

「別に社交的な能力とか求めてないですけどね。損しないようにお願いしますよ」

と、淡路さんはそれだけ言って、再び歩き出した。

階段を上って奥の部屋の前にたどり着く。

「この部屋で授賞式あるんで。吉野さん、先に中に入って、リハーサルとか、準備の説明を受けてください」

「はーい」

吉野は素直にその部屋の中に入っていった。

「染井さん、一人で歩いてて絡まれたり怒られたりしてもあれなんで。始まるまで、しばらく俺と一緒にいてもらえますか？」

「あ、はい」

煙草(たばこ)が吸いたい、という淡路さんについて喫煙所(きつえんじょ)まで行った。その外で待ってようかとも思ったけど、中についていった。灰皿と革張りのソファー。淡路さんはどかっと腰をおろして、煙草に火をつけた。僕たちの他に、誰もいなかった。未成年の僕がついてきて何も言わないなんて、大人としてどうなんだろう、と思ったけど、多分彼は少しどうかしてる大人なんだろう、と思い直した。

「二人は一体どういう関係？」

「ただの同級生とか、ですけど」

「彼氏とかですか？」

淡路さんは落ち着かない感じで貧乏揺すりをしていた。「違います」あまり上品な人には見えない。

「まぁ、恋人とかいない方が安心できますけどね」

もあった。

だらしない雰囲気があった。ただ、そのだらけた雰囲気が、妙にマッチしてる人でもあった。

よく見たら淡路さん、スーツはよれてるし、ネクタイも曲がってて長さも変、妙に長い。シャツも皺だらけで、ソックスも変な髑髏の柄入り。革靴も学生みたいなローファーで、かかとが潰れていた。

僕がそう言うと淡路さんは、少しウケたのか「どこで買うんだよそんなの」と言って、小さく笑った。

「太宰治のラグランTシャツとか」

「例えばどんな？」

「私服なんかいつもジャージで、クソみたいなTシャツ着てますよ」

「けっこう、綺麗な方だな、と思いましたけどね」

「普段もっと地味なんですよ。あんな格好してるとこ、初めてです」

「それはどうして？」

「さぁ。でも多分、いない気がしますけど」

「あの人、恋人とかいるの」

淡路さんは僕にそんなことを言った。

「何故ですか？」

僕は不思議に思って聞いた。

「だって、その方が小説に集中してもらえるじゃないですか」

はぁ、そんなものか、と僕は思った。

「そろそろ行かないと」

淡路さんが喫煙所の時計を見て言った。

「染井さんの分の席はないので。会場の後ろで、俺と一緒に立ち見です」

授賞式は退屈に、淡々と過ぎていった。

出版社の誰か多分偉い人が出てきて、何かそれっぽいスピーチしたあと、今度は最終選考委員の先生たちが受賞作の感想を述べていった。

大賞、佳作、と続いて、最後に選考委員奨励賞である吉野の作品についての講評があった。最終選考で、審査は割れたらしい。受賞に値しない、なんでこんな駄目な作品に賞を与えなきゃいけないんだ、と言う人もいれば、斬新、と言った人もいた。

続いて、大賞受賞者、佳作受賞者のスピーチ。投稿生活苦節二十年、四十七歳で受賞した苦労人の会社員が大賞受賞者で、佳作は三十代の医師。二人とも、当たり障りのないことばかり喋っていた。

「誰も本音喋ってない気がするっていうか。やっぱ性格悪そうな感じ、しますね」

僕は率直な感想を淡路さんに向かって述べた。

「みんな、人間性みたいなのを創作の世界に置いてきてるから」

淡路さんは欠伸を嚙み殺しながらそう答えた。

「淡路さん、小説家のことって好きですか？」

「小説家が好きな奴なんて、この世にいるんですか？」

平然とした声で淡路さんは言った。

そして、吉野の番がやってきた。

緊張してるように見えた。その吉野の、世慣れていない感じからくる不安定な空気感が会場全体に伝染したのか、中学二年生が受賞、という話題性もあって、一気に会場がざわざわ、し出した。

やっと吉野の登場だ。僕は少し楽しみだった。

吉野がどんな訳のわからないことを言うのか。ぶっ飛んだことを言って、ここにいるマトモそうな顔した大人たちの、余裕ぶった雰囲気をぶち壊してくれるのか。

でも。

「この度は、栄えある青娼文学賞の選考委員奨励賞を受賞させていただき、誠にありがとうございます」

つまらない決まり文句でスタートした吉野のスピーチは、それからもずっとダルいテンションで続いた。当たり障りのない言葉は、すぐ右から左に抜けていって、何の記憶にも残らなかった。

カメラマンの人たちが次々にシャッターを押した。フラッシュの明滅が眩しかったのか、吉野は力なく目を細めた。

いつもあんなに堂々としている吉野の姿が、そのとき僕には、何故か少し小さくなったように見えた。

まるで、現実に押しつぶされそうになっているように、見えた。

あの夜の公園の宣言はどこにいったんだ？

でも吉野は、ただ淡々と、普通のスピーチを続けるだけだった。

「まぁ、こんなもんでしょう」

と隣で淡路さんは、ホッとしたように言っていた。

僕は脱力して、たどたどしい声でスピーチを続ける吉野を見ていた。

綺麗になって、つまんなくなった吉野を、僕はただ呆然と見ていた。

授賞式が終わって、部屋を移ってパーティー。あっという間に乾杯が始まって、吉野は早速、色んな人に囲まれた。最終選考委員の先生、出版社の人、他の小説家、入れ代わり立ち代わりやってきて、得意げな顔して喋っていく。僕は遠目から黙ってオレンジジュースを飲みながら、見ていた。

ときどき、吉野と目が合った。吉野は、笑わない、なんでもない、無表情な、虚ろな空っぽな目で僕を見た。吉野らしさゼロだった。僕が飲んでるジュースの果汁より薄い。当たり障りない相槌打つだけのロボット。チューリングテストしたら、人工知能と判定されそう。

僕は話し相手がいなかった。淡路さんは、僕を置いてどこかへ行ってしまった。暇だった。会場の天井にあるシャンデリアを眺めたりして暇を潰した。ふと、『オペラ座の怪人』を思い出した。シャンデリアが落ちてきて、吉野の頭上に落ちて、血まみれになるところを想像した。

パーティーは七時で終わり、ほとんどは、それから二次会に行くらしい。京都から来た吉野にはホテルが取られてて、本来、彼女も二次会に行く予定だったらしい。

「私、今日はもう帰ります。染井くんも来てるので。一緒に帰ろうと思って」

ところが、吉野はそう言い出し、淡路さんを困らせていた。

「彼だけ先に帰ってもらうわけにはいかないんですか？」

「今日、もう私、疲れちゃって」

結局、吉野は押し切った。

「帰ります」

二人で新幹線の終電で京都に帰ることにした。

会場を出るまで、淡路さんが送ってくれた。

「じゃ、次の原稿、お待ちしてますんで。あと、本が発売になったら、また何かと東京に来ていただくこともあるかと思いますんで。よろしくお願いします」

「今日はありがとうございました」

ぺこり、と一つお辞儀して、吉野は会場の外に向かって歩き出した。

「あー、疲れた」

真夏の夜の淡い色の空を見上げながら、吉野は肩を手で軽く揉んだ。

「女子のコスプレは疲れる」

表情が、吉野に戻っていた。

「なんか、吉野じゃないみたいだったよ」

「……私、染井くん連れてきたら、いつもの自分でいられるかな、って思ってたけど。まー、無理だったな」

吉野は、はー、とため息を一つ、ついた。

「ちゃんと女子してた方が、本、売れる気がして」

そんな打算的なことを吉野も考えるのだ。それに僕は内心、驚いていた。

「売れるよ、きっと」

何の根拠もなく、吉野を落ち着かせるように言った。

僕は本当は、吉野には、もっと超然としててほしかった。

吉野は地面に落ちていた小石を拾い上げて、視界前方の大きな水たまりに向かってサイドスローでそれを投げた。その彼女の指先から放たれた石が水面に触れる瞬間に、遅れて、何をしようとしていたのか気がつく。水切り。でもそんな小石と水たまりではうまくいかなくて、一度跳ねただけで石は水の中に沈んでいった。

「もっといい小説が書きたいよ」

吉野は不満そうに僕に言った。

「うん」

としか僕は言うことができなかった。

②

吉野のアドレスから、返信は中々返ってこなかった。他に何も手がつかなかった。メールが来るのを、ずっと待ってた。授業中も休み時間も。

「染井、携帯ずっと見てる」

「……ごめん」

一人でじっと待ってると、時間が経つのが遅い。佐藤に、学校帰りにカラオケに誘われて、なんとなく二人で来ていた。船岡も誘えばよかったのに、と後から思ったけど。「染井、明日の遠足、何着てく?」「無地のラグランT」「ダサくない?」

「ほっとけ」

佐藤がリクエストした曲のイントロが鳴り出したときに、メールが来た。

From: 吉野
染井くん、混乱してるよね。
ずっと、連絡できなくてごめんね。

佐藤が歌ってるのに、首だけ揺らしておざなりに微妙にリズム合わせながら、メールを見る。その単純な文面を、何度も、何回も。

▽吉野は、死んだんだ

ニュースにもなった。葬式にも出た。君は死んだ。何度も確かめた。それは、揺らがない。

▼あの日、私は死んだ後、気がついたら別の世界にいたの。信じられないかもしれないけど。ここでは、私が死んだことは、なかったことになってる。

▽ごめん、何言ってるか全然わからない

▼私が生きてる以外のことは、何も変わらない。今いるのは、もしかしたら、一種の並行世界なんだと思う。

信じられるわけがない。

それじゃまるで、あの日初めて読んだ、吉野の小説だ。

並行世界からのメッセージ。

もし、吉野が死ななかったら。

吉野が生きてる世界が、この現実とは別に、もう一つあったら。

その吉野から、メッセージが届いたら。
▽信じられない
そこまで書いて、もう一行、書き足して送った。
▽信じられない。もし君が、本当に吉野だって言うなら、何か証明してほしい

そのメールを送って、僕も重症だな、と思った。
吉野が僕の住んでいる世界とは別の並行世界で、今も生きてたら。
バカげてる、と思う。
でも。

From: 吉野
受賞した日、
夜の公園で、
私が、この世界を壊したい、って言った日のこと、覚えてる?
私は今も、覚えてるよ。

「染井、いつもマジで誰とメールしてるの?」

佐藤の声で我に返った。

そうだ、今、僕はカラオケにいた。

「幽霊(ゆうれい)」

そうとしか言いようがない。

少し鳥肌が立っていた。

あの公園での話を、吉野が僕以外の誰かにしていただろうか？

目の前で起きてることが現実なのが、信じられない。

「どうしたの？」

佐藤の心配そうな声が、悪いけど、面倒くさかった。

「すごい顔してる。何かあった？　話して」

おかしい。

なるほど、メール相手は、吉野と僕しか知り得ないようなことを知っている。

それはわかった。

だからって、それがなんだ？

吉野が生きてるなんてこと、現実にあり得るわけがない。

でも一方で、もし相手が吉野じゃないとしたら、一体誰なんだろう、とも思った。

吉野が、僕との思い出を、逐一喋っていた相手がいるんだろうか？

僕の知らないところで、吉野は友人や恋人を作っていたのだろうか？

それに、メール相手が他の誰かだとして、何故吉野のアドレスからメールが届くのかという謎は、残ったままだった。

そこまで考えて、メールを打った。

吉野にしか、答えられないメールを。

To: 吉野
吉野は、何故あのとき、僕にキスした？

そんなこときっと、吉野は自分以外の誰にも話せない。

いや、仮に話してたとして、その気持ちまではきっと誰にも話していないだろう。

何故なら、多分、そのときの吉野の気持ちを、誰も理解できないからだ。

遠足の日の朝、吉野のアドレスからメールが来てないか確かめたけど、新着メールはなかった。

あれは、何かの間違いだったんだろうか。

未だに信じられない気分を引きずりながら、眠い頭で遠足に出かけた。

本当は、遠足なんて、どうでもよかった。

その日の天気は快晴だった。

五月の終わりで、雲一つないとなると、気温は急に高くなる。

比叡山へのバスの中で、全員の荷物を運ぶと自分から言い出したことを、僕は少し後悔した。何より最悪なのは、真白が、妙にバカでかいクーラーボックスを持ってきていたことだった。

結局、山登りは、僕だけ集団から遅れた。道中、何度も、クーラーボックス捨てていこうかな、と思いながら、汗だくになりながら山道を歩いた。

やっと山頂にたどり着くと、佐藤が最初に僕を見つけて、小走りに近寄ってきた。

「ちょっと、さすがに心配してたよ」

「お前は昼飯の心配だろ」

他の班は既に昼飯を作り始めていた。とはいえ、食べ始めてはいなかったので、そこまで大遅刻というわけでもない。慌てて荷物を降ろして、佐藤に渡す。

「ちょっと疲れたし、あとは任せる」

昼飯の準備を放棄して、僕は山頂のベンチにへたり込んだ。真白と佐藤が二人でテキパキと料理の準備を始めていた。船岡どこ行ったんだろ、と思っていたら、その当人が僕の隣にどこからともなく現れて座った。

「料理は女子に任せよう」

「古いジェンダー観の持ち主だな」

船岡の座る位置が微妙に僕に近くて、汗の匂いがした。

「俺、今日告ろうかと思うんだけど」

「今日はやめとけ」

幾ら何でもテンポ早すぎるんだよ、と思った。

「そんな飢えてんの？」

呆れながら僕は船岡に聞いた。

「っていうか、暇だろ？　高校生活。彼女とかいないと」

「そんなもんかね」

つくづく別の人間だと思う。僕とは違う。でも船岡みたいな奴の方が普通なんだろう。そんな風に恋愛とかに興味を抱く方が、健全なのかもしれない。

「な、人を好きになるってどんな気分？」

「え？　別に、自然に。あるだろ、お前だって」

あるのかどうか、わからなかった。

「僕さ、恋愛って虚構（フィクション）なんじゃないかって思うときがあるんだ」

「はぁ、なんかたいそうな話になってきたな」

「いやマジでさ。それって本当に自然に湧き上がってくる気持ちか？」

「……難しいことはよくわかんないけどさ」

船岡が会話を切り上げるみたいに立ち上がった。

「ウジウジしてたって何も始まらないからさ」

何か始めることは、いいことなのか？

戦争とかさ、始めない方がいいことだってあるわけだろ。

始まらないまま終わらせた方がいいことだってあるんじゃないか？

そんなこと船岡に言ってもしょうがないな、という気がした。じゃあ、誰に言えばいいんだろう？

真白と佐藤はすでに食材を切りそろえて準備万端、いざこれから焼くぞ、というところだった。

「焼くのは任せろ!!」

何故かヤケクソ気味に船岡が言って、菜箸を手に焼きそばを作ろうとし始めた。

「あ、クーラーボックス」

真白が思い出したように、あの重かったクーラーボックスを持ってきた。

開けると、中から小さな木箱が出てきた。

「……なんだよそれ」

拍子抜けするくらい小さくて軽そうなもので、僕は脱力した。どうやら重かったのは、クーラーボックスそれ自体の重さによるところが大きかったらしい。

ぱかっと真白がその箱を開けた。

「ウニです」

「…………」

こういうとき、どんな顔すればいいのかわからなかった。

「食中毒が怖いので、厳重（げんじゅう）に温度管理を行うことにしました」

「あ、ああ、そう……」

もう何か言う気にもなれなくて、僕はうなだれて鉄板に油を引く役目を黙々と遂行（すいこう）した。そこに船岡が野菜や肉を置いていく。じゅじゅじゅと肉が焼ける音。そして真白が、ウニを載せた。

「焼きウニです」

「焼きウニ⁉」

佐藤が大げさに驚いたような声をあげた。

「みなさんも食べます？」

「いや、僕はいらない……シュールすぎるだろ……」

「解剖台の上のミシンとこうもり傘の出会いみたいに美しい？」

「何それ」

真白の発言に佐藤が首をかしげた。僕はそれを無視した。

「ん、焼きウニ、意外といけるよ。俺、ありだと思う」

「でしょう？」

能天気な船岡が乗っかって、焼きそば作成中につまみ食いを始めた。そのまま二人が会話を始めたので、僕は佐藤を引き取ることにした。声をひそめて、佐藤の耳元で、彼女にだけ聞こえるようにそっと、つぶやく。

「佐藤ってさ、好きな奴とかいるの？」

「な、なに、急に」

「いや、なんかさ、市場調査？　簡単なアンケートにお答えいただいたら、素敵な景品」

「景品は何」

「なんでもいいよ」

「……じゃ、そのかわり、私の質問、答えてくれる？　絶対、なんでも」

「はぁ、別にいいけど」

「いや、真面目にね。真剣に答えること」

その言葉通りに佐藤の表情が無駄に真面目なのがアレだったけど、別にいいや、と思って僕はこくりと頷いた。

「好きな人は、いるよ」

「学校？」

「学校」

「同じクラス？」

「そうだね」

佐藤は目も合わせずに言った。

「もしかして、船岡？」

「死んで」

そう言って佐藤はジェスチャーで、僕の脇腹を刺す真似をした。

「ああ、内臓がグチャグチャだよ。助からないな。死んだな」

「焼きそば焼いてるときに気色悪いこと言わないで」

焼きそばは完成に近づき、香ばしい匂いが漂い出した。

「じゃ、私から質問。いい？」

まぁなんでもいいから早く話せよ、という感じの顔を僕は佐藤に返した。

「染井は、他人に興味がない、人を好きになれない人間ですか？」

「……わかんないよ」

「ほら、また、とぼける。いつも、そう」

「本当にわかんないんだよ。でも、そうかもしれない」

「染井から恋愛の話振ってきたんでしょ。しっかりしてよ」

そう言われたらそうだった。僕から話を振っておいて、のらりくらり受け答えしてるのも、ずるいといえばずるい。

「だったらさ、じゃあさ。今度試しに私と、二人で遊ぼうよ」

「いいよ」

僕が言うと、佐藤は驚いたような顔をした。

「え、いいの？」

「別にいいよ」

さっきの船岡に、影響されてるわけじゃないけど、別にいいんじゃないかと思った。やってみて、事後的に意味がわかることだってある。そうしたら、何かわかるかもしれない。そんなこと、本気で思ってたわけじゃないけど。

「せっかくだし、とりあえず、連絡先交換しとかない？　番号とＬＩＮＥ」

遠足の最後に、佐藤が言った。多分、自然な流れで、船岡と真白に連絡先を交換させようとしたんだと思う。僕も渋々、黙って携帯を差し出した。

「あれ、真白さん、染井の連絡先だけ、登録されてない？」

佐藤が真白の携帯電話を覗き込みながら言った。

「あー、今、名前だけ先に入れてたんです。番号のとこ空欄で」

「真っ先に染井の名前入れたの？　もしかして好き？」

「別に」

必要以上に冷めた声で言うので、なんだか僕も、そこまで嫌われてるのか、とちょっと落ち込んだような気持ちになった。

下山して、学校で解散、帰りの電車の中で、メールが届いた。

From: 吉野
キスしたら、何かわかるんじゃないかって、思っただけだよ。

メールの相手が誰なのか。
吉野じゃないことくらい、頭ではわかっていた。
でも、それが別の誰かだとして、何故吉野のアドレスからメールは送られてくるのだろう？

To: 吉野
もし君が本当に吉野ならどれだけいいか
だったらまだ、生きることに現実に、退屈しなくて済むのに

From: 吉野
じゃあさ、他にも何か、聞いてみてよ。
私が、吉野だって、染井くんに証明してあげるよ。

心のどこかで、並行世界とか、そんなバカなことが本当にあったらいい、そう思い始めてる自分がいた。

……そんなこと思うなんて、僕は少し、頭がおかしくなり始めていたのかもしれない。

To: 吉野
君が死んだ日、僕と一緒に行こうとしてたイベントは？

From: 吉野
古本市。

五月の今の時期、まだ鳴いてるはずのない蟬の声が、どこか遠くで、聞こえたような気がした。きっと、幻聴か気のせいだと思う。

その日は、今日よりもずっと、暑い日だった。

僕が今まで生きてきた中で、一番暑い日だったかもしれない。

❸

吉野が死んだ日のことを、僕は今でも毎日思い出す。

その日僕たちは、京阪の出町柳駅で待ち合わせをしていた。古本を野外で売るイベントに一緒に行く話になっていた。

八月で、地下の駅から上に出たらすぐ、蟬の鳴く音が耳に響いてきた。

吉野は待ち合わせに遅れてて、待つのに飽きた僕は、先に古本市に行くことにした。

夏の白い光線が人々を刺すように照らして、会場の境内に、いくつも影を作っていた。

大した用事じゃなかった。下鴨納涼古本まつりという、古本屋の夏フェスみたいなものだ。要は、古本を野外で売るイベント

その影の全部が、本を買いに来ている。そう思うと、少しめまいがした。まるでみんな、この世に生きてない影だけの怪物に見えた。

古本と汗の、混じり合った匂いをかぎながら、あたりを物色した。

別に、何か買いたい本があったわけじゃない。

小説を書くことに煮詰まっていた吉野を、外に連れ出したかった。その口実に、古本市を選んだだけだった。

大量の古い本を眺めていたら、頭がクラついた。ここにあるだけの本だって、一生かかっても全部読むことはできないだろう。その事実に、少し打ちのめされそうになる。

ふと見ると、サドの全集が一冊だけ売られてるのが目についた。

吉野が好きな作家だった。千五百円、定価より安い。これなら僕でも手が出せる。

プレゼントしてもいい気がした。普段、僕は吉野から本を借りてばかりいたからだ。

本を買ったあと、携帯を見た。

吉野からの連絡は来てなかった。

変な気がした。

どうしたんだろう。

二時間待っても、彼女は来なかった。長時間炎天下で、さすがに喉が渇いたので、僕はその場を離脱した。

喫茶店で、アイスコーヒーを頼んだ。店名をメールしてから、買ったばかりの、彼女に渡す予定の本をパラパラめくった。バカみたいにたくさん、人が死んでいく本だった。僕も、吉野も、そういう本が好きだった。

それから僕は、待った。

外で、雨が降り出した。

すっかり外は暗かった。もうこれで、古本市は終わりだろう。それ以上待つのをやめて、家に帰った。

雨に濡れた服を脱ぎながら、家の居間のテレビをつけた。

チャンネルをザッピングする。夜のニュースに、吉野の名前があった。

小説家の吉野紫苑さんが、今日、自宅で死亡しているところを発見されました。事故と自殺の両面から捜査しています。

小説……吉野……死亡……。

吉野が死んだ。

よ、し、の、が、し、ん、だ。

理解が、追いつかなかった。

それを現実の出来事だと受け止めるのが難しかった。

本当に吉野が死んだ、という実感が湧いてこなかった。

僕はただ呆然と立ち尽くしていた。

小説で人を殺せるかな。

昔、中学のとき、二人でふざけて小説を書いてたときのことを、何故か、ふっと思い出した。

吉野が死んだ。

でも、いつか、こういう日が来ると思ってた。

吉野に初めて会った日からずっと。

僕は、吉野は近いうちに死ぬんじゃないかって、気がしていた。

吉野の葬式は、遅れた。

自殺の可能性が疑われたからだ。

結局、吉野が死んで三日して、やっと葬式になった。家族の意向で、近しい人間のみで執り行われた。

僕はその葬式に行った。若くして死んだ吉野。遺影はでも、小説家の吉野紫苑の著者近影だった。単に一番写真写りがよかったから使われていたのだと思うけど、僕はそれを見て不思議な気持ちになった。まるで現実の吉野はこの世に生きていなかったみたいな錯覚を覚えた。

葬式には淡路さんが来ていた。

バカみたいに黒いネクタイしめて、別人かよって感じの神妙な顔つきで両親に頭を下げていた。葬式では、なんで真面目な顔をしないといけないんだろう。面倒くさそうなので、僕は淡路さんを無視してさっさと帰ろうとした。よく考えたら、なんで吉野の葬式なんか来たんだろう。こんな虚しいこと、何の意味もないのに。

「おい、待て」

淡路さんが声をかけてきた。僕は待たなかった。早足で歩いた。

「待て、っつってんだろ。これ一体全部、どういうことだよ？」

「わかんないですよ」

電話が鳴った。着信音が同じで、一瞬、僕のかと思ったけど、淡路さんの携帯電話が鳴ったのだと気がついた。「出たらいいじゃないですか」僕が言うと、迷うような顔を見せていた淡路さんは結局、電話に出た。

「……はい。そうです。なんとか来月に間に合わせたいんで。書店さんでも大きく展開していただきたくて。はい。よろしくお願いします」

そんな淡路さんの台詞（せりふ）を聞いて、ピンときた。

電話を切った彼に、僕は言った。

「さっきの、吉野の本の話ですか？」

「……そうだよ」

淡路さんは何故か傷ついたような顔して言った。傷ついてるんじゃねーよ、と思った。

「天折の天才、吉野紫苑。売れそうですね。若くして死んでくれましたからね。売りましょうよ。きっと売れるでしょうね。吉野も喜んでますよ」

「俺が、どんな気持ちで」

淡路さんはそばの電柱を、二度三度、殴った。

本当は、自分を殴りたかったのかもしれない。

その気持ちなら、僕にも少し、わかるような気がした。

もう二度と会うことはないだろう、そう思っていたのに、吉野が死んで葬式が終わったあと、僕はすぐに淡路さんと再会することになった。

吉野の遺稿を探したい、そう淡路さんが言い出したからだ。

僕についてきてほしい、と淡路さんは言った。

もしかしたら彼は、一人で行くのが少し、怖かったのかもしれない。

吉野の家の玄関先に立って、インターホンを鳴らす。

「どうぞ。中へ」

それは吉野のお姉さんだった。

「生前のままにしてあるんです」

吉野の家には、母屋と離れがあって、その離れに吉野は暮らしていた。

そこはもともと、大学教授であった吉野の祖父が住んでいたという。

離れには、書斎と寝室の二つがあった。

吉野の書斎の中は滅茶苦茶だった。

以前見たときも散らかっていたけど、それとは別次元だった。大量の本が机の上にばらまくように置かれている。印刷された紙が床に散らばっている。壁に貼られている紙もあった。プロットのような物や、本文が貼られていた。基本的にはプリントアウトされた紙で、だけど、その紙にはペンで色んな書き込みが書き加えられていた。

要するに、吉野本人以外がこんなもの見ても、何がなんだかわからない。そういう小説の断片で、部屋の中が埋め尽くされていた。晩秋の銀杏の並木道みたいに。

「酷いでしょう？」

吉野のお姉さんがそう言った。

でも、淡路さんは、無言でその部屋を片付け始めた。仕方なく、僕も手伝う。

「ノートパソコンが見当たらない」

やがて、二時間ほどして、あらゆる紙束を段ボールに詰め終わったあと、淡路さんが呆然として言った。

たしかに、いつも彼女が小説を書いていた、あのパソコンが見当たらなかった。

それは、どれだけ探しても見つけることができなかった。

結局、淡路さんは狐につままれたような顔で京都を後にした。当てが外れたようだった。

「一体、どこにあるんでしょうね」

淡路さんが、不思議そうに言う。僕にも、さっぱり見当がつかなかった。

吉野にとっては多分、命の次くらいに大事な執筆道具だったはずだ。

それが、彼女の魂と一緒に、この世から、忽然と姿を消していた。

それからしばらくして、僕はふと気がついた。

きっと、吉野は、自分でそれを処分したんだろう。

つまり、そういうことなんだろう。

吉野が死んで、一度、不思議なことがあった。

あるとき、昼休みに、校内放送で職員室に呼び出された。

僕宛に、学校に電話がかかってきていた。

その校内放送の文句を聴きながら、僕は渡り廊下を早足で歩いた。

電話を取り次いでくれた事務員の人によると、電話は僕の親戚からで、祖母が死んだという。

僕の祖母は二人ともそのとき既に死んでいた。

不審(ふしん)に思いながら、職員室の隅(すみ)の電話に出た。

「小説、書いてますか？」

若い、女の人の声だった。

今まで、一度も聞いたことのない声だ。

「書いてません」

思わずそう答えると、ぷつり、と電話が切れた。

不気味で奇妙な電話だった。

しばらく呆然として僕は、職員室の窓の外を、ただ眺めていた。よく晴れていて、コンピューターで色を塗ったみたいな、グラデーションのない水色の空が広がっていた。そういうきっぱりとした空が、あの吉野が死んだ日みたいに、色の濃い影を職員室に作っていた。

まるで、死んだ吉野から、責められてるような気がした。

僕は、吉野が死んでから、小説を書くのをやめていた。

吉野が死んで、僕の中で何かが終わったような気がした。

まず、自分の本棚の中の本を処分することにした。

ちょうど、古紙回収の日が近かった。本当は全部燃やしてしまったら、それが一番気分がよかったのかもしれないけど、うちの家には庭もないし場所がなかった。

僕の家から古紙回収の場所まで、200メートルくらいあった。その距離を何度も往復して僕は、小説を捨てた。一冊も手元に残しておくつもりはなかった。だから当然、吉野の小説も僕は捨てた。

自分の中の何かが、傷ついているような気がした。それが僕には、一種の快楽だった。

きっと、かつての僕がこんなシーン見たら、悲鳴をあげていただろう。

空っぽになった本棚を見て、僕は一仕事終えたような気持ちになった。本棚も、しばらくして、捨てた。邪魔(じゃま)だったからだ。

人間らしく生きよう。そう思った。

それは吉野が一番嫌っていた生き方だった。

友達を作って、異性とも仲良くして、なんなら彼女とかだって作ったっていい。それで愛してるフリなんかしたっていい。信頼関係を築こう。他人と仲よくしよう。普通の人間になろう。

それが一番楽で、お得な生き方だ。

現実を生きる以外に、すべきことなんて何もない。

僕は、マトモな人間になりたかった。妄想や、あり得たかもしれない別の可能性に左右されない、現実だけ見て生きる大人になりたかった。

友達を作ろうと努力する。マトモな人間になろうと努力する。努力すればできる。

それくらい簡単だと思った。

多分こんな風に生きていくことは、現実に対する適応の仕方の、一つの最適解なのだ。

僕は涼しい顔でそれをやったわけじゃなかった。必死で努力して現実に適合しただけだ。僕はそういう分野に関して劣等生だったから、頑張らないといけなかった。

死ねない人間は生きていくしかしょうがないし、生きていくならそれ相応のコストを現実に対して、支払い続けないといけない。

でも、小説を書かなくなってから、自分の中に、何か薄暗いものが溜まっていくのを僕は感じていた。

それはある意味、闇、みたいなものだ。

現実に適応して生きるには、どうしても、何かを演じなければいけないときが、誰にでもある。

その度に、やり場のない感情が、気持ちが、僕の中に蓄積されていった。

どこにも、現実のどこにも居場所のない僕の感情が、自分の中にどんどん溜まっていって、破裂しそうだった。

僕はもしかしたら、それまで、小説を書くことで、そういう自分の中の得体の知れないものと、バランスを取っていたのかもしれない。

その闇を、僕はかわりに、吉野へのメールに込めた。

小説を書くかわりに、彼女にメールを送った。

だから、死んだ吉野にメールをすることは、僕の代償行為だったのだと思う。

④

遠足の次の週の土曜日、僕は佐藤と二人で、ＵＳＪに来ていた。

「染井、楽しい？」

「わからない」

僕は素で答えた。

学校という場所を離れて、制服を脱いで、普段と違うモードになったせいか、現実に適合するための自分のキャラみたいなものがはがれ落ちていた。でも、取り繕い方がわからなかった。

そんな僕の調子に、佐藤は戸惑っているようだった。

「染井、今日、なんか疲れてる？」

佐藤が心配するように言った。

お前といると疲れるんだよ。

思わず口に出そうになって、焦った。

やばいな。

トイレに行って、個室の中で携帯電話の画面を見た。メールしようと思った。早く自分の中の悪意を吐き出さないと、佐藤に直(じか)にそれをぶつけてしまいそうだった。

▽僕が嫌いなものは？

▼現実。

▽一年のときのクラスは？

▼B。私はC。

こんな問答を、もう一週間も続けていた。

不思議だった。その度に相手は、僕の問いにすぐ、答えてくる。その答えは、僕の記憶と、おおむね一致していた。

そのメールを見る度、自分の足元から現実感が失われていくような気がした。だからそのときも、軽くめまいがした。

トイレから戻って、目の前の佐藤の顔を見る。どこか緊張してるような、不思議な顔をしていた。僕が体調を崩したかと思って心配してるんだろうか。空元気を出して僕は、腕を一回ぶんと回してみせた。

「じゃあ、次、何乗る？」

佐藤が聞いてくる。

結局、観覧車（かんらんしゃ）に乗ることにした。

大きな観覧車がずっと見えていたけど、ＵＳＪの中に観覧車はない。外に出て、船で対岸に渡って、全然関係ない別の観覧車に乗ることになる。

「観覧車って、私、久しぶりに乗るなー」

佐藤が楽しそうに言った。

単に、一番落ち着けそうな乗り物だと思っただけだ。

少しずつ観覧車は、ゆっくりとしたペースで、空に浮上してく。視界がどんどん高く、高くなっていく。

携帯を開く。

▽吉野が僕に最初に読ませた小説の内容

送信する。

「なんでこういうとき、メールすんの？」

「……うん」

携帯の画面から目を離さないまま、僕は佐藤に生返事をした。

「染井、こっち見てよ」

▼並行世界の死んだ恋人から、ラブレターが送られてくる話。

　返信がすぐ、返ってくる。

「染井、前に彼女いたことある？」

　佐藤の顔を見る。どこか緊張してるような、不思議な表情だった。

「全然。誰とも付き合ったことないよ」

「そうなんだ」

　こういうとき、人は大抵の場合、同じことを自分に聞き返してほしかったりする。

だけどそのとき、佐藤が本当にそれを聞き返してほしいのか、僕はわからなかった。

それに、それが面倒くさかった。だから僕は、黙っていた。

「私、最近わからないことがあるんだけど。笑わないで聞いてくれる？」

　僕は口を閉じたまま、ただ頷いた。大体いつも、佐藤のギャグは笑えない。

「恋人になって、どうすればいいのかわからないなって、最近思うんだよね」

「……佐藤もそんなこと考えるんだな」

「染井、私のことなんかバカにしてない？」

「いや。感心してるけど。続けて？」

「なんかさ、毎日顔合わせたり、どこか一緒に遊びに行ったり。そんなこと繰り返してさ、それでどうなるのかな？　って。なんか虚しいって思うときない？　いや、染井はないのかもしれないけど私はあるんだよね」

「つまりそれは佐藤の過去の恋愛経験から導き出された考えってこと？　佐藤のわりに、いやにニヒリスティック（虚無的）な考え方だね」

普段脳天気な風を装っている佐藤にも、内面があって、そんなことを考えていたんだって、僕はちょっとビックリした。

「佐藤、今、なんか会話の雰囲気みたいなの、無理に僕のモードに合わせてない？」

「そんなことないよ」

佐藤は言って、観覧車の窓の外を指さした。

「こうして高いとこ昇るとさ、物事を俯瞰的（ふかんてき）？　に見ちゃったり。なんかそんな気分になるでしょ」

言われて僕も覗き込む。ジオラマみたいに小さくなった現実が、眼下に広がっていた。そんな、人間の一人一人が、意志を持って行き交っているのが、アリの巣作りみたいで、気持ち悪く見えた。

▽僕が一番尊敬してる小説家は？

▼多分、私。違う？

「佐藤はさ、なんで生きてるの？」

　僕は言ってしまってから、僕は何を言ってるんだろう、と思った。

「何それ。なんか酷くない？」

　佐藤は傷ついたように笑って、僕を少し小突いた。

「いや、ごめん。じゃなくて、純粋になんか、生きる上のポリシーみたいなのあったら、聞きたくて」

「そんなのないよ。ないから生きてられるのかも」

　それはそれで深いのかもしれなかった。でも、それもまた一つの考え方だよな、なんて受け入れられるほど僕は人間が出来ていなかったし、大人じゃなかった。

「今、私、幸せだけどね」

「なんで幸せなの？」

「何が幸せかとか、逆にどうしたら不幸とか、そんなこと結局考えてもしょーがなくない？」

「しょうがないのかな」

「だって、そんなこと突き詰めて考えてたら、心病むだけでしょ。考えてもしょうがないことは考えない。自分の力でどうにかなることばかりじゃないんだからさ」

　そういう考え方で生きていくのがきっと正解なんだろう。

「染井はなんで生きてるの？」

「わかんないよ」

佐藤に対して最近、わかんないって言葉しか言ってないな、と思う。

「私さ」

なんか嫌な空気みたいなものを感じて、僕は「待てよ」と言った。

佐藤は待たなかった。

「染井のことが好き」

佐藤の目に、少し涙が滲んでるような気がして、僕は軽口を叩けなかった。

「なんでこんな奴好きなんだろうね」

それから佐藤は、自嘲するように、皮肉げに笑った。

僕は何も答えられなかった。

佐藤と、目を合わせられなくて、ずっと俯いていた。

To: 吉野

吉野。人を好きになるってどういうことか、わかるか？

僕だってやっぱり、わからないよ

From: 吉野
　私と違って染井くんは、わかってるものだと思ってたよ。

帰りの電車でも、まだメールを続けた。
まるで本当に吉野みたいだ、と思った。
だんだん、不思議に、気分が高揚していく自分がいた。
もしかしてこのメール相手は本当に吉野なんだろうか？
並行世界で、吉野が生きてる？
どう考えても、おかしい。
吉野しか知らないことばかり僕は聞いて、その全てに相手は正解を返してきた。

From: 吉野
　染井くんは、今、小説、書いてる？

正直それは、吉野に一番聞かれたくないことだったかもしれない。

僕は携帯を閉じた。顔を上げると、降りるべき駅を一駅、乗り過ごしていた。慌てて電車を降りる。

ホームのベンチで考えた。

彼女は、吉野なのかもしれない。

だって、他に可能性なんてあるだろうか？

今までのメールのやり取りの全てが、吉野しか知らないことばかり書かれている。

吉野は生きている。

そう思ったら、不自然に笑いがこぼれそうになった。

夜の薄暗い駅のホームで、ニヤニヤ笑う男。大分、不気味だ。

改札を出て、乗り過ごしたのは一駅くらいだし、そのまま歩いて帰ることにした。

もし本当に吉野が生きてて。

どこか別の、この世界とは別の、並行世界で生きているとしたら。

僕の望むことは、たった一つだった。

To: 吉野

小説は書いてないよ

それより、吉野、教えてくれ
どうしたら、僕もそっちに行ける？

❺

中学を卒業して、僕と吉野は結局別々の高校に進学することになった。大して勉強してなかったわりに、どこか天才肌的なところのあった吉野は、府内でも上から数えて何番、という高校に進んだ。彼女と同じ高校に行きたい、という気持ちも別に強くなくて、僕は大して勉強せず、結果、フツーの高校に進学。

それでも僕たち、通学に使用する電車は途中まで一緒だった。だから行き帰り、顔を合わせることが多かった。

入学式の朝も、そうだった。

「高校の制服、似合ってるよ」

駅のホームのベンチに、吉野が座っていた。相変わらずつまらなさそうな顔をして。

「そう。私、今まで、制服が自分に似合ってるかどうかなんて、考えたこともなかったよ」

吉野はそんなものに何の価値も認めていないような顔で、自分の制服の裾(すそ)をつまみ上げた。「私、全人類の制服がパジャマだったらいいって思ってる」冗談じゃない口調だった。

二人で、混んでる朝の電車に乗った。

「新しい高校生活、馴染めそうか？」

不思議だった。その決断はもう随分前にしたのに、今更、入学式の朝になって、吉野と自分の制服が違うのを見て初めて、僕は変な罪悪感を感じ始めていた。

「どこの高校行っても一緒だよ」

「環境が人間を規定する、っていう風には考えない？」

「考えたことない」

吉野の目線の先、車窓の外には、まだ咲き始めの桜の木が流れていた。彼女の顔を照らす日の光が、ピンクに色づいてるみたいに見えた。

「どこにいても私は私だしね」

その彼女のストレートな物言いを、相変わらず僕は、うらやましいと思った。眩しいと思った。

僕も彼女みたいになれたら。

そう、何度も今まで、思ってきた。

「どんなにつまんない場所にいても、私は大丈夫」

吉野に影響されてる自分のことが、なんだか、とても愚かしい存在みたいに思えた。

でも、高校に進学してからしばらくして、吉野に異変があった。

その夜、外では、急に通り雨が降り出していた。激しい雨が屋根を打つ音が、自分の部屋の中にまで響いていた。

僕の家族は夕方から外食に出かけていて、僕だけが一人家にいた。

そのとき僕は、吉野のデビュー作の評価をネットで検索していた。それも何故か、否定的な意見ばかりを。僕は多分世界で一番、吉野のネット上での評判に詳しかった。世に存在する全てのレビューを見ていたと思う。

否定的な意見を見て、何故か、ホッとしている自分がいた。

その自分の心の動きは、例えば、モーツァルトに対する、サリエリのようなものだった。天才に対する、嫉妬のようなものだったんだと思う。

ふいに、玄関のドアを、激しく何度もノックする音がした。その音は、誰もいない家に、響いた。

モーツァルトのあの有名な逸話(いつわ)を思い出した。見ず知らずの人間がある日、彼の家のドアをノックした。そして、その正体不明の人物は、彼にレクイエム(葬送曲)の作曲を頼む。依頼を受けたモーツァルトだが、重い病気にかかり、死期を悟る。彼はやがて、その作曲依頼について、死神がモーツァルト自身のためのレクイエムを頼んだのだ、と思うようになる。そして結局、モーツァルトは作曲の半ばで死んでしまう。

どう考えても嘘だけど、伝記や歴史には、そんなフィクションじみた話が時折ついてくることがある。それはおそらく、人が現実を認識するための思考には、物語が欠かせないからだ。そして、物語るということは、常に、どこかで嘘をつくということでもある。

そんなことを考えながら、誰もいない、暗い、がらんとして静かな家の廊下をひたひた歩いて、玄関に行った。死神だったらどうしよう。妄想しながらドアを開けた。

「どうしよう」

吉野がいた。

彼女は、ズブズブに濡れていた。

傘を持ってきてなかったのか、濡れるがままになって、外で立ち尽くしていた。

一目見て、様子が変だと思った。

「僕が、どうしよう、だよ」

言いながら、吉野を家の中に入れる。家族がいたら説明が面倒だった。タオルと自分の着替えを探して、吉野に放る。「あっち向いてて」言われて、そうした。

「大変だよ」

吉野が着替える衣摺れの音だけが、自分の家の居間に響いていた。変な気分だった。

「小説、書けなくなった」

「なんで？」

思わず、振り向く。吉野はもう、着替え終わっていた。僕の服を着た彼女を見て、やっぱり、なんか現実感がないな、と思ったりした。

「わからない」

わからない、わかんないよ、繰り返して吉野は言った。

「詳しく話せよ」

吉野をリビングの椅子に座らせて、自分も座る。

「三日くらい前から」

焦点の合ってない目を、吉野は食器棚の方にさ迷わせた。

「急に、変に。なんで」

要領を得ない。

「小説が書けない」

「そんなときもあるよ」

他にどう言っていいかわからなくて、僕は気休めを言った。

「なかったよ、今まで」

「書けない、って、どういうこと？」

「瞬間が来ない」

吉野の小説の書き方を思い出す。何かが乗り移ったように、淀(よど)みなく動く彼女の指。

「スランプ、ってこと？」

そういうものがあるらしい、と噂には聞いていたけど、まさか吉野の身にそんなことが降りかかるなんて、考えたこともなかった。

「書けないの」

吉野は苦しそうに言って、机に突っ伏した。

「書けるよ」

僕も焦りながら言った。まるで彼女の焦りが、伝染したような切迫した声で、それを聞いて自分でも少し驚いた。

「だって」

「瞬間、がなくても吉野は書けるよ」

どうなのか、わからなかった。でも、そう言うべきだ、と僕は思った。

「今まで、本能と無意識で吉野は書いてたんだ。それはすごい才能だけど、そうじゃなくても小説は書けるよ。吉野みたいじゃなくても。僕は、いつも考えて書いてる。とりあえず、頭で考えて、理性で、冷静に」

そこまで言った僕に、吉野は黙って濡れたスマホを差し出した。画面をよく見ると、そこには、小説の原稿らしきテキストが表示されていた。黙って、受け取る。短い文章だったので、すぐ読めた。

読んですぐ、心が冷たくなった。

「どう?」

「正直言ってさ」

「うん」

「深刻だね」

まるで吉野の文章じゃなかった。誰が書いても同じ。オーソドックスな文体の、普通の、小説だった。比喩も陳腐で、セリフもダラダラ長くて、どうしょうもない。同じ人間が書いた小説とは思えなかった。

これがきっと、今の吉野が、苦しみながら書いた、文章なんだろう。

その吉野の苦しみが、こっちにまで伝わって、読んでて苦しくなるような文章だった。目に入れるのが、きつかった。そこから、何かの想像力が広がっていく感じが全くしなかった。

「何かきっかけがあった？」

僕はカウンセラーの真似事でもするつもりだったんだろうか？　吉野から話を聞こうとした。

「何も、ない」

「例えば、否定的なネットのレビューを見すぎたせいとか、淡路さんと意見が合わなくて書けなくなったとか」

「わかんないよ。でも多分、そんなことが原因じゃないと思う」

タオルで頭を拭きながら、吉野は暗い顔を崩さなかった。

「どうすればいいと思う？」

そのとき僕は、彼女に、どう言ってやるべきだったんだろう。何が正解だったのか。

ずっとそのあとも、考え続けることになる。でもそのときもわからなかったし、そんなこと、後になってもわからなかった。

「吉野なら書けるよ」

僕は吉野の才能に、嫉妬しながら、醜い感情を抱きながら、それでも、ずっと、憧れていた。

「うん」

濡れた吉野の髪を、ドライヤーで軽く乾かした。乾かされるがままになっていた吉野は、なんだか小さい子供になったみたいに見えた。

不安定な吉野が心配で、傘をさして吉野を家まで送っていった。

「着替え、返すの、いつでもいいから。小説、落ち着いてからでいいから」

「ずっと着てようかな。お風呂も入らないで」

「風呂は入れよ」

「そしたら、染井くんがそばにいるような気に、なれるかな」

暗い空から降る雨が、落ちて地面を濡らす。道の脇に灯る街灯が、水たまりを照らしていた。それが、アスファルトに、鈍い光が落ちてるみたいに見えた。

「小説が書けないくらいなら私」

「大丈夫だよ」

家の前で吉野と別れて、帰り道を歩きながら、思った。

吉野はもし小説を書けなくなったら、これから先どうして生きていけばいいんだろう。

ふと、想像した。

僕が働いて、吉野を養うとか？

別に一緒に住まなくてもいい。結婚とか同棲とかそんなことはどうでもいい。

でも吉野は嫌がるだろうな、聞くまでもなく答えは想像できた。

でも僕たちまだ高校生だし、そんなにすぐ、生活のことについて悩む必要もない。

吉野のは、きっと一時のスランプだ。

三日くらいもすれば、すぐに調子を取り戻して、またいつものように小説を書き始めるだろう。

僕は、別にそんな吉野の様子に、最初、そこまで心配をしてはいなかった。

どうやら吉野は、何か、創作上の壁みたいなものにぶつかっているらしい。それはわかった。でも、だから、それがなんだ？　そんなの、当たり前のことじゃないか、と僕は思った。

今まで壁みたいなものに一切ぶつかることなく小説を書き続けてきた吉野の方がおかしいのだ。このあたりで、一度壁にぶつかっておくべきだ、くらいのことを、僕は外野から無責任に思ったりしていた。

そうやって壁にぶつかって何度もその壁を乗り越えて、自分の殻(から)を破って、それを続けていくことでいつか傑作にたどり着けるんじゃないか？

そんなにすいすい傑作書かれても困るんだよ、とも思った。

それはやっぱり、どこか醜い、嫉妬にも似た感情だったのかもしれない。

僕は吉野が苦悩すればするほど、何故か、気分がよくなっていく自分を感じていた。

僕はやっぱり、吉野の、あまりいい友人ではなかったのかもしれない。

これはそのあとすぐ吉野の口から聞いたことだけど、その頃、彼女のスランプに、淡路さんも頭を抱えていたらしい。

吉野のデビュー作は、中学生小説家のデビュー作、という話題性もあって、売れていた。吉野は一気に注目を浴びるようになっていた。なんとかして次の小説を出したい。

それで淡路さんは、吉野に言った。

切ないラブストーリーを書いてください。

最初にそれを言い出したのは、淡路さんの上司の、編集長だったという。

今話題の高校生小説家が書く、恋愛小説が読みたい。

何故ならそれが、売れそうだから。

それをそのまま、淡路さんは、吉野に伝えたらしい。

淡路さんの気持ちが、僕にはわからないこともない。

「京都を舞台にして、今の吉野さんの、等身大のラブストーリーを書いてください」

きっと、それが吉野にとって、書きやすい題材だろう、と考えたんだと思う。

変なところが真面目な吉野は、それに応えようとして、真剣に恋愛小説を書こうとしていた。

吉野は、満足していなかったんだと思う。

売れるということは、それだけ多くの人に対して影響力を持つということでもある。

吉野は常に、もっと自分の小説を、大勢の人に読まれたいと思っていた。

小説で、世界を変えたい。

吉野は売れるために、恋愛小説を書こうとしていた。

ただ問題は、彼女が、本質的に、人の気持ちがわからない、という点にあった。

だからそれをきっかけに吉野は、どんどん崩れていった。

「今日ね、クラスの男子に告白された」

吉野が電車の中で、何も嬉しくなさそうに言った。

「付き合うの？」

「無理かな」

日に日に吉野の顔はどす黒くなっていった。毎日、睡眠薬を飲んでいると言っていた。「気持ち悪い」比喩で言ってるのかと思った。でも違った。

僕たちの最寄り駅の二つ手前で、吉野が急に電車を降りた。意味がわからなくて一瞬戸惑ったが、すぐに僕も彼女を追った。そのまま彼女は、駅の障害者用トイレに駆け込んだ。鍵も閉めずに、ドアも開けっ放しで。僕は一瞬、躊躇してから、中に入った。

吉野は、便器に、吐いていた。

「大丈夫だから」

吉野はそう何度も、何かを言い訳するみたいに、僕に言った。

僕はただ、ためらいがちに、彼女の背中をさすった。

「等身大の恋愛小説なんか、書けるわけないよね」

そう言って彼女は、弱々しく笑った。


また、行き帰りの電車の中。

「染井くん、私とデートでもしてみる？」

急に、そんなことを言い出した。

「一体なんだよ」

「や、次に書く小説の参考にならないかと思って」

「形だけなぞってもしょうがなくない？」

「でも形から入ることで中身がわかるようになるかも」

吉野のその話はよくわからなかったし、それで僕たちがどこかに行くようなことは、結局一度もなかったけど。

「でもなんか、普通に遊園地とか行くだけで、ドキドキできるのかな？」

よくわからないことを言いながら吉野の目は死んでいった。

「いいこと思いついた」

吉野が突然、天啓を得たように僕に言った。

「今週末、染井くん、私の家に来てくれる?」

「……へ?」

「お願い。これは染井くんくらいにしか頼めないことだから」

その「くらい」が気にはなったけど、「わかったよ」と僕は吉野に了承の返事をした。

「……なにしてんだよ」

吉野の部屋だった。十畳くらいの和室にベッドが置かれていて、他にはほとんど何も物がない。殺風景な部屋だった。

そのベッドに、僕は押し倒されていた。

吉野が覆い被さってくる。

思えばその日は、最初会ったときから、いつもの吉野と、様子がまるで違っていた。

彼女は玄関先で待っていて僕を出迎えてくれた。ジャージとかじゃなくて、一応それなりにさっぱりとした服装をしていた。

そのまま部屋の中に通された。何か嫌な予感はしていた。

「染井くん以外に私、男の子の知り合いいないんだよね」

「……だから何？」

「どう？　染井くんは今どんな気持ち？」

内心、少しもドキドキしていなかったというと、嘘になる。でもそれ以上に、戸惑いの方が大きかった。いくらなんでも、全てが突然すぎた。

「……吉野は焦りすぎなんだよ」

「だって、人生は短いんだよ」

「僕には長すぎるように思えるけど」

「私、こんなとこで止まってたくない」

吉野は落ち着いているようで、どこか常に、生き急いでいるような人間だった。その焦りは多分、吉野が祖父から受け継いだ、あの本棚の蔵書からくるプレッシャーのせいもあったのかもしれない。

吉野の離れには二つ部屋があり、もう一つの部屋を彼女は書斎として使っていた。その部屋の本棚は、清潔で潔癖（けっぺき）で完璧（かんぺき）だった。それは整理整頓や清掃が行き届いているという意味でなかった。ではなくて、その本棚には、一流の小説家の本しか並んでいないのだ。つまらない小説家、あまりのつまらなさに、その本を読むことで読む自分がほっとしてしまうような、そういう意味でどこか心の安らぎを与えてくれるような小説というのが、彼女の本棚には一冊も存在していなかった。

彼女の本棚には、文豪しかいなかったのだ。

そして彼女は、多分本気で、文豪になることを目指していた。

だから吉野は、すごく、内心、焦っていたんだと思う。

時間を少しでも無駄にしたら、自分は文豪になれないんじゃないか、世の中を変えるような傑作を書くところまでたどり着けないんじゃないか、そんな風に彼女は焦っていた。その彼女の焦りが、僕は全く理解できないわけではなかった。

「キスしてもいい？」

吉野が聞いてきた。僕はうんざりしながら「いいよ」と答えた。

吉野の顔が近づいてきた。薄暗い部屋の中、カーテンの隙間からの光が、少しのグラデーションを作っていた。そのあるかないかの微妙な吉野の影が、僕の顔に落ちるのを感じた。自分の心臓の音を、僕はどこか他人事(ひとごと)みたいに、冷めた目線で感じていた。

唇が重なる。

吉野は目を開けていた。

「目、閉じてよ」

吉野が言ってきた。

「そっちだって」

一瞬、喋るために離された唇が、再び僕の口に重ねられる。

そういえば僕だって、吉野以外に親しい女子なんて皆無で、だからそれが初めてのキスだった。吉野も多分僕と同じだろうと思う。

そういう、初めてのキスみたいな特別感のあるキスでは、それは全くなかった。

僕は凡庸な人間だから、自分の初めてのキスみたいなものに対して、妄想を抱いてなかったわけじゃない。そんな妄想には幾つかのバリエーションがあったけど、そのどれとも、目の前のキスは違っていた。

それはただ、つまらなかった。リアルなだけで、意味がなかった。

「このあと、どうすればいいの？」

吉野がちょっと困ったような顔で僕に言った。

「君次第だけど」

と僕は答えた。吉野にゆだねる以外、言い方を僕は思いつけなかった。

「例えば普通、もし恋人同士だったとしたら、どんなこととするの」

「服、脱ぐんじゃない」

僕は、むしろその可能性を遠ざけるように、極力興味ないトーンで言った。

「そのあとは？」

「言葉では言い表せないようなことをする」

「それを言葉にするのが使命の小説家とは思えない台詞だね」

「でも小説って、セックスシーン省くことの方が多いだろ」

「ちゃんと書いてる作品もあるよ」

吉野の言う通り、そういう作品も世の中にはたくさんある。だから僕たちは、別にそれを体験したことがなかったとしても、幾つものセックスを疑似(ぎじ)体験していた。実務的なことはぼんやりしか知らなくても、そうしたことをおおよそどんな雰囲気で執り行い、どんな気持ちでするべきなのか、といったお手本を文字の上でだけは学習していた。

「する？」

今度は吉野が僕にゆだねるように言った。

「しない」

僕はため息と一緒に、彼女の体を押しのけた。

「なんか、たいしたことなかったね」

吉野は多分無意識で、自分の口元を手でぬぐった。その仕草は、軽くショックだった。

「そうやって、小説を書くために現実の自分を動かしていくのか？」

「悪い？」

彼女は、どこか毅然(きぜん)とした顔で着衣の乱れみたいなものを直していった。

「じゃあ、ドラッグ中毒の男の話を書くためにドラッグやって、殺人鬼の話を書くために人を殺すのか？」

「サドもバロウズも、そうしてたよ」

吉野は過去の実在の小説家の名前を挙げて、僕に反証してきた。

「吉野は現実を、小説を書くための素材にしか見てないんだよ」

そして、その現実というものに、僕自身も含まれているんだろう。

「だったら、おかしいかな？」

自分の大切なものを傷つけられて、守ろうとしてるみたいな言い方だった。

「私、人間より、小説を愛してる」

吉野の手が震えてるのが見えた。

「うんざりだよ」

僕は立ち上がって、背を向けた。

「私だってどうしたらいいのかわかんないんだよ」

悲しくて痛い声の色だった。震えて、頼りなげで、衰弱していた。

「僕だってわかんないよ」

僕はそれだけ言い残して、部屋を出た。

それを、青くさい悩みだと、人は、笑うのかもしれない。

でも、そんなこと、本当にわかっている人間が、この世に何人いるんだろう。

第三章

his world

①

吉野が生きてる、別の世界がある。もしそうだとしたら、そこが本当の世界だと思った。

僕が今生きている、この目の前の現実の世界なんて、ただの偽物だと思った。

くだらない、くだらない、くだらない。

自分がいるのは仮初め（かりそめ）の世界だ。

そう思えば、気が楽になった。

心の中の憂鬱（ゆううつ）が、晴れていく気がした。

▽体育の授業出たくない

▼私も。運動嫌い。

メールに、本音を吐き出すだけで、楽になれた。自分を保つために、バランスを取るために、僕は雑談メールを続けた。

▽靴紐って、なんかたまに、結び直しても結び直してもすぐにほどけ続けるモードに入るときない？

▼ボンドでくっつけるといいよ。木工用がいいよ。

どこ行ってても何しててもずっとメールした。くだらないこととか。

まるで、吉野が生きてたときと、同じように。

▽あー、マジ憂鬱

▼私も。

▽気分転換の方法教えて

▼鼻毛食べる？

▽斬新！

くだらない。毎日するメールなんてそんなものだ。

でもときには、真剣なトーンで、メッセージを交換することもあった。

▽これから先、どう生きていけばいいんだろう

▼別になるようになるよ。

▽人生って、絶望しかないのかな

▼そうだね。

希望なんて嘘くさくて、何一つ信じられなかった。

▽もっと二人で一緒にどっか行ったりしてればよかったかな

▼なんで？
▽君が小説書いてるとこしか思い出がない
▼どこ行きたかった？
▽どこでもいいけど。逆にどこ行きたい？
▼蛍(ほたる)見に行ったり、祇園祭(ぎおんまつり)行ったり？
▽それ、結局、恋愛小説のネタ作りじゃないか
▼バレた？

From: 吉野
染井くんは、なんで小説を書かなくなったの？

あのときみたいに、小説が書けたらいいのに。
そう思うときもたまにはある。
でもいざ小説を書こうとすると、指が止まってしまう。

To: 吉野

小説、書きたいよ

リモコンで部屋の電気を消して、真っ暗な室内で、メールを続けた。

メールをしてるときだけ、生きてる実感があった。

他の時間は僕にとって全部、どうでもよかった。

▽今、何してるの

▼息してるよ。

▽僕もしてる

海か地の底で、交信を続けてるみたいな気分だった。

▽吉野、僕のこと、嫌いだろ

少し間があった。

▼私は、どうして人を愛せないのかな。

そんなこと、僕だってわからないよ、と思った。

そのまま、何色も濁(にご)った絵の具みたいな意識の中、溺(おぼ)れるみたいに、僕は眠った。

翌日学校帰りに、淡路さんの携帯に電話してみた。

かなり久しぶりに聞く、眠そうな声だった。

「何すか」

もしかしてこの人、会社で寝てたんだろうか、と一瞬思う。あり得そうな気もした。

「吉野が生きてたとしたら、どう思います？」

「切っていいすか？」

淡路さんは普通にキレ気味にそう言った。僕はこれまでのことをかいつまんで彼に説明した。

「じゃあ、小説の原稿送ってくださいよ」

淡路さんは心の底から僕の話を信じてない口調で言った。

「売れますよ。吉野紫苑、霊界からの原稿。マジ最高っすね」

そこで電話を切られた。

無理ないかもしれない。そんな話、簡単に信じられないとは思う。

ちょっとムカつきながら、僕は吉野にメールした。

To: 吉野

淡路さんが君の原稿読みたいって言ってる

　メールで、そっちから送れないか？

　今も君は、小説を書いてるんだろ？


でも、メールには一切返信がなかった。

それから、どんなメールを送っても、何も返ってこなくなった。

なんか、忙しいんだろうか、とも思った。

不安になった。

メールを待ってるだけの自分がいた。

それ以外に、何もしてないような日があった。

考えれば僕は、小説を書かなくなって以来、無為に時間を過ごすようなことが多くなっていた。そんな時間が、彼女とのメールで埋まって、どこか安心していた。

それが再び、その虚しい時間の中に、一気に放り出されたようだった。船の上から海に投げ捨てられたゴミみたいな気分だった。

ただ、空漠とした時間があった。

❷

パソコンの前に座って、小説を書こうとしていたときのことだ。

そのときふと、ふざけた考えが僕の頭に浮かんだ。

吉野の作風を真似てみようと考えたのだ。

そしたら、吉野は、きっと笑ってくれるだろうか。

僕は吉野の小説を本棚から全部取り出して、机に並べた。ページをパラパラとめくり、吉野の文体、作風を思い出す。

吉野の作風は特徴的だ。他の小説家とは違う。オリジナリティがある。

そういう小説家は真似やすい。

だから、書きやすかった。

吉野の作風で小説を書くことは、僕にとってやりやすかった。思えば、吉野の小説を、僕は漏らさずずっと読んできていた。デビューする前の、世間にまだ発表されてない彼女の作品も、僕はほとんど全部読んできた。

この世で一番吉野の作品を読んできたのは僕だ。

淡路さんよりも、ずっと僕の方が吉野の小説に詳しい。

それに、現実の、小説家としての吉野のそばに、いつも寄り添ってきたのも僕だった。

だから僕は吉野の小説を、誰よりもうまく書く自信があった。

僕なら書ける。

書き出すと、止まらなかった。

吉野の、その破天荒で勢いある文体。言葉の流れ、リズム。語り方。

誰も、吉野のように自由に小説を書けない。

認めたくないことだったけど……僕が一番好きな小説家は、今では吉野かもしれなかった。一番そばにいたから、ずっと認めたくなかった。

でも、過去の文豪なんか、目じゃなかった。

今、この瞬間、この世に存在する全ての小説の中で、一番斬新で、新しくて、最高の小説が吉野の小説だ。

それを真似るのは、僕にとって快楽だった。

吉野とキスするより、吉野のフリをして小説を書くことの方が、僕にとっては気持ちがいいことだった。

その小説に、僕は手応えを感じていた。

寝食を忘れて小説を書いた。寝る暇も何か食べる暇もなかった。自分の中に、吉野が憑依(ひょうい)しているという感覚。それだけが頼りだった。そして吉野が小説を執筆するときのあの破壊的なスピードも、僕に乗り移っていた。

指が止まらなかった。

こんな感覚は初めてだった。

小説を書くのが、楽しくてしょうがなかった。

そうして僕は、その小説を書き上げた。

悪ふざけのような思いつきから書き始めたその小説を、僕はまず一番に吉野に読んでほしかった。彼女の感想をもらいたかった。自分では客観的にその小説を読むことはできない。それでも、僕は面白い小説を書いたという自信があった。

吉野はこの小説を読んだらどんな感想を言うんだろう？

褒(ほ)めてくれるだろうか。いや、そんなことはあり得ない。だけど、その妄想に浸っているとき、僕は幸福感みたいなものに満たされていた。いつだって現実より、妄想の方が、百倍も千倍も楽しくて満たされている。だから吉野にその小説を見せる気にはなれなかった。むしろ、その妄想の中の吉野の好意的な感想をこそ僕は大切にしていたかったからだ。

小説を書き上げて、しばらくその余韻に浸っていたとき、急に吉野からメールが送られてきた。

▼今日、会える？

僕は吉野の誘いを断ることはあまりない。

それなのに、少し躊躇したのは、今日が吉野の小説の締め切りの日だと聞いていたからだ。そんなときに、会う用事を自分から作るなんて、吉野らしくない。なんだか不安だった。

結局、僕は書き上げた小説をプリントアウトして、持っていくことにした。

僕のその小説を、吉野の心のすぐそばに、物理的に連れていきたかった。読まれなくても、出会えなくても、一目その小説に、吉野を見せてやりたかった。

例えばこんな小説を読んだことがある。別れた男の、子を身ごもった女が、数年後、成長したその子供を連れて男に会いに行く。男は気がつかず、通り過ぎる。それでも、そのことに意味を見出す女がいる。

それと同じようなことを、思っていた。

僕はその小説をひっつかんで、メッセンジャーバッグに放り込み、吉野との待ち合わせ場所に向かった。

その場所は、いつもとは違っていた。

僕たちが待ち合わせたのは、あの中学のとき、二人で一緒に時間を過ごした文芸部の部室だった。僕たちがいた間は後輩（こうはい）なんて入ってきてなかったし、そのあと、他に部員が入ったという話も聞かない。

吉野がそこを指定した。

ドアを開ける。

吉野は先に来ていた。

夏休み中の中学の文芸部室には、吉野以外、誰もいなかった。

「ひさしぶり」

「そんなにひさしぶりか？　一週間前に会ったばかりじゃないか」

僕は言った。吉野は時間感覚がおかしい。たった数分前のことでも随分昔のことに感じたり、一年以上前のことを最近のことだと思ったり、そういう感覚の中に吉野は生きていた。

「私さ、わからないんだよ」

そのとき、直感で、ああ、書けなかったんだな、とわかった。

「私、人を愛するっていうことが、どういうことなのか、わからない」

吉野は、文芸部の本棚におさめられた本の背表紙を、細長い指でなぞりながら言った。

「『嵐が丘』を読んでもわからない。『高慢と偏見』を読んでもわからない。何を読んでもわからない。小説にまつわる他のどんなことも理解できるけど、愛だけはわからない」

その吉野の吐露に応える言葉を、僕は持っていなかった。

そんなこと、僕だって、わからない。

愛が何なのか、僕は知らない。

「私、小説が大事。小説を読む自分が大事。小説を書く自分が大事。小説以外のこと、真剣にどうでもいいと思ってる。他人なんて所詮他人だし、そんなの、大切に思えない」

「別にいいんだよ、それで」

そんなこと、突き詰めて考えても、答えなんて出ないじゃないか。

別に世の中の普通の人たちが普段、そんなこと、真剣に考えているなんて、僕にはどうしても思えなかった。

みんなきっと、本当は、ごまかして生きているだけなのだ。

愛なんて、わからないのに、わかったふりをして生きていくしかない。

それがこの世で生きていくための、ある種のルールだからだ。

わからない、なんて言った人間は、世の中から排除される。

「普通の人から見たら、私きっと、欠落しているんだと思う。でも私は自分のことを異常だと思ってない。私は私自身を正常だと思ってる。世の中の、全ての人が、気持ち悪い。気持ち悪くて、しょうがない」

「小説なんか書かなくても死なないよ」

吉野のその痛々しい心の叫びに、直に触れる勇気が僕にはなかった。「お腹すかない？　どこか外に、昼飯食べに行こうよ」そういうとき、人は、話をどこかに逸らして、生活上の問題を持ち出したりする。どこか現実から遊離していこうとする人に対して、現実に引き戻そうとしてしまう。

そのとき僕は、彼女を、傷つけたくなった。

「吉野、締め切りは？」

「一時間もない。淡路さんに、電話しないと……」

「僕がかわりに淡路さんに電話しようか？」

「……いい。自分でする」

「実はさ」

僕は切り出した。僕もまた、吉野につられて、どこか精神のバランスをそのとき、崩していたのかもしれない。その自分の思いつきが、いずれ取り返しのつかない結果を生み出してしまうんじゃないかと恐れながら、その恐怖をむしろ楽しむように僕は言った。

「書いてみたんだ、小説」

「……何？」

僕は鞄から小説の紙束を取り出して、机の上に投げた。

「書いてみたんだ。吉野の小説」

僕のその言葉に、吉野は目を見開いた。

「もし使えそうだったら、かわりにその小説を淡路さんに渡したらいい。きっとバレない。誰にもわからない。今回だけ、使ってみたらいい」

吉野はその小説を手に取った。

そして無言で、読み始めた。

彼女は読む前から小説を否定したり肯定したりすることのない人間だった。読むのが早いせいもあったが、一読して、それから評価を下す。僕と喋って、何か押し問答するより、とりあえず読んだ方が早いと思ったのだろう。実際、吉野の場合、人間と会話するより、文字を読む方がずっと早く多くの情報を処理することができる。

吉野のページを繰る手は早かった。

次々に小説の中の情景が彼女の頭の中を流れ通り過ぎ去っていく。

その様子を僕はただ黙って見ていた。

吉野のその小説を読む手以外、部屋では、何も動いてなかった。

でも、徐々に吉野の様子が変になっていった。

いつも一定のペースで吉野は小説を読む。その読むスピードが、壊れていた。

徐々に手が止まり、読むスピードが遅くなっていく。目は虚ろで、中身をちゃんと理解しているのかどうか、見ていて不安になる。

それでも吉野は小説を読むのをやめようとしなかった。時計を見る。四十分以上が経過していた。もし淡路さんにその小説を送るなら、そろそろ判断をつけなきゃいけない。

やがてゆっくりながらも、それでも普通の人よりは随分早いペースで、僕の書いたその小説は吉野に読まれていき、残りのページはなくなっていった。最後のページを読み終えたあと、しばらく吉野は固まっていた。

「……どうだった？」

耐えきれずに、僕から口を開いた。

吉野が、僕を見た。

そのときの顔を、僕は一生、忘れることができない。

それは呪(のろ)いのようなものなのだと思う。

正確に言うと、僕はそのとき、吉野が本当にどんな顔をしていたのか、きちんと写真のようには思い出せない。

ただ、そのときに受けた自分の印象のことしか思い出すことができない。

吉野は。

殺されたような顔をしていた。

くしゃっと潰れていた。

ゴキブリを叩きつぶしたあとの死骸みたいだった。

人間の顔じゃなかった。

黒い穴が顔の真ん中にぽっかり空いたようだった。

そしてその穴は二度と塞ぐことができない。そんな穴に見えた。

「やめてよ」

その声で、僕は現実に引き戻された。

吉野は、プリントアウトされたその僕の小説を僕に向かって投げつけた。それはクリップとかで留められていないものだったので、空気抵抗に触れて四散した。

「私の真似して、私の声で、私のふりして。こんな風に、嘘くさい愛なんか、語らないでよ」

小説が、空中を舞った。

物語の断片が、僕が自分で書いたその文章の一部が、宙を舞いながらも一瞬、僕の目に入った。夕方の光に照らされて、よく見えた。まるで物語がバラバラに砕け散って、分解されていくみたいだった。

「染井くんには、私の気持ちなんか、わからないよ」

「作者がどんな気持ちで小説を書いてるかなんて、小説に関係あるの？」

僕は冷たい声で言った。

僕はずっと、吉野に嫉妬していた。

ある意味、嫌いだった。

吉野のことが。

優雅に小説を書く、吉野のことが。

吉野がこの世界を僕を憎むように、僕も吉野を憎んでいた。

その才能が、僕は憎くてしょうがなかった。

だからなのだと思う。

「染井くんなんか」

吉野が言った。それは僕が初めて見る、吉野の激情だった。多分、吉野が現実に対して初めて向けた激しい感情だった。

吉野はふらつきながら僕の首を絞めた。いつの間にそんな風にすっと間合いをつめて僕の首に手をかけていたのか、僕にもわからなかった。

吉野の手が僕の首に食い込んでいく。

でも彼女の腕はどうしようもなく細くて。

その力はどうしてもか弱かった。

吉野。

そんなんじゃ僕を殺せないよ。

「今ここで僕を殺したら、この小説を僕が書いたってこと、誰にもわからない。そしたら、それ、胸張って、提出すればいい」

吉野の力が、ゆるんだ。

僕は吉野を押しのけて立ち上がった。難はなかった。簡単にたやすく、吉野を押しのけることができた。

「殺すのは小説の中だけにしてくれよ」

魂が抜けたみたいに、セミの抜け殻みたいに軽かった。

そのまま僕は部室を出た。

僕は自分に問いかけた。

これで満足か？

全然、僕は満足していなかった。

こんなことで吉野紫苑が終わるのが、僕は我慢できなかった。


その日家に帰ったとき、携帯電話が鳴った。淡路さんの電話番号だった。

「吉野さんと連絡取れないんだけど」

「それで？」

「彼女、原稿、落としたんだよ」

「そうですか」

「知ってたみたいな口ぶりだけど」

「知ってたらなんですか？」

「だけじゃなくて、電話に出ない。本当は俺が今すぐそっち行って、状況を確かめたいんだけど。おかげでこっちは、原稿の穴埋めに忙しくてそれどころじゃない」

そのとき、また、何か魔のようなものが自分に差してくるのを感じた。

「吉野の原稿、ありますよ」

僕はそれが事実だと自分で思い込んでるみたいにするりと言っていた。

「……そんな筈ないだろ」

「ただ、内容が気に入らないから、送らなかっただけで。でも僕はその作品の原稿、持ってるんですよ」

「読ませてくれないか？」

「メールで送ります？」

淡路さんは、ほっとしたような声になった。

「持ってるのか？　俺のアドレスに送ってくれ。すぐ読む」

「今、送りました」

メールにファイルを添付して、送信した。

「ありがとう」

すぐ電話が切れた。

なんでそんなことをしたんだろう？

試してみたくなったんだと思う。

吉野以外の誰かが、僕の小説を読んで、どう思うか。

知りたかった。

深夜になって、再び淡路さんから電話がかかってきた。

僕は自分の声の抑揚を抑えながら、淡路さんに向かってそう尋ねた。

「どうでした？」

「よかったよ」

興奮したように淡路さんは言った。

虚しかった。その言葉を僕はもしかしたら、吉野から聞きたかったのかもしれない。

もういいだろう、と思った。

「吉野さんと連絡が取りたい。これなら、ちゃんと掲載(けいさい)していいと思う。説得して、掲載の方向で」

「ごめん、淡路さん」

「ん？」

「それ、僕が書いたんです」

淡路さんのリアクションは、けっこう、笑えた。しばらく沈黙して、それから、冗談と思ったのか、嘘だろ、と僕に聞いてきた。

「でも、これはどう見ても吉野さんが書いた小説に見える」

「だから、ただの模倣なんですよ。作風をコピーしただけ。僕、そういうの書くのが得意なんですよ」

僕がそう何度も説明しても、淡路さんは納得していないようだった。

「いやいやいや、マジで言ってる？」

「淡路さんの目が節穴なんですよ」

僕は学校の教師をからかう不良みたく舐めた口調で言った。

「……そんなことして、染井くんは何が楽しい？」

「それが誰が書いた小説かなんてことが、小説にとってそんなに重要ですか？『人間失格』を三島由紀夫が書いてたら、それだけで無価値になるんですか？　作者が誰かなんて、どんな想いで書いたかなんて、小説に一体どんな関係があるんですか？

『ソドムの百二十日』みたいに不純な動機で書かれた小説が、人を救うことだってあるのに」

「わからない。おかしいよ。染井くん」

「それ、吉野の名前で載せたらいいじゃないですか」

「ふざけんな」

淡路さんは電話を切った。

僕は、そうした自分の振る舞いが、そこまで致命的なことだとは、全然考えていなかった。

どこかで、一週間もすれば、また何事もなかったように吉野と喋るようになり、お互いにどこかわだかまりを抱えながらも、関係性が持続していくのだろうと思っていた。

その程度には僕は、現実の強固さというものを信じていたからだ。

時間が過ぎればそんな事柄も大した問題ではなくなり、いつか吉野はスランプを脱して、これからもどんどん小説を書き続けていくのだろう。そしていつか、僕の手の届かない、高いところに行ってしまう。そう思っていた。

▽鴨川納涼古本市、行かないか？

二週間ほどが過ぎて、夏休みも半ばのある日。僕は吉野にメールした。

その日、彼女が死ぬとも知らずに。

③

七月に入り、高校は期末テスト期間に突入して、教室には微妙にピリついた空気が流れていた。

別に人生の一大事ってわけでもないくせに、みんな大真面目に休み時間も参考書なんか開いている。けっこうなことだと思う。僕は、関係ないけど。

中間のときもそうだったけど、やる気ないテストほど退屈なものもない。

自分以外の連中は、テストに集中して、カリカリとシャーペンを走らせている。静かな教室に、紙が黒炭を削るノイズが現代音楽みたいに響く。

そういうとき、つい、目の前の現実とは関係のないことに、思いを馳せてしまう。

生きている意味とか、高校生活のくだらなさとか、人生の退屈さとか、そういう虚無的な思考を巡らせていたりする。

それで、期末テストの最中、ふと気づいた。

吉野からのメールは、いつも、僕の休み時間に送られてくる。

例えば今、テスト中なんかに、一度だって送られてきたことがない。

何故だろう？

ふと試してみたくなった。

テストの最中にメールを送ってみたらどうか、と思ったのだ。そのとき、吉野からメールが返ってくるかどうか。

カンニングと疑われたら困ったことになる。

文面は最初に決めておいた。

To: 吉野
　君は今どこにいる？

あとは、その入力済みのメールの、送信を押すだけ。

ポケットに手を突っ込んで、その位置にそっと触れた。

しばらく待つ。

携帯電話が震える音が聞こえた。

僕はそのことを、内心、あまり歓迎してなかった。

本当に吉野が並行世界にいることの方を、僕は望んでいたのだ。

僕だってやっぱり、吉野と同じように、現実を軽蔑（けいべつ）していた。

だってそうだろう。

こんな現実、愛せるわけがない。


うちの高校では、期末テスト後に、軽く一週間の授業がある。

といって、その間勉強したことがテストに出るわけでもないので、みんなやる気ないし、誰も聞いてない。気の抜けたサイダーみたいな授業が続く。

暇なのでみんなロクなことを考えない。

その週は告白週間だった。

うちの高校では、その一週間の間に、異性に告白することがプチ流行していた。

一週間の授業の後は、短い試験休みを挟んで終業式、その後は夏休みだ。実質的には、もう試験休みから夏休みが始まってるようなものだ。

長い夏休み、せっかくなら恋人を作って楽しくやりたい、そのための準備期間にしようというわけだ。
≫俺、真白さんに告ろうかと思うんだけど
その流れに船岡は乗って、真白に告白するのだと言っていた。
勝手にしてくれればいい、と思っていた。

その様子を僕は、なんとなく昼休み、教室から見ていた。
窓の下、校庭の隅に船岡が真白を呼び出している。
二人がなんか喋ってるのが見えた。
僕は吉野にメールした。
真白が、携帯を取り出すのが見えた。
何も書いてない、空のメールだった。
船岡が真白に何か言っている。
やがて真白が、船岡を残してどこかに歩いていくのが見えた。
あの分だと、多分フラれてるんだろうな、と思った。
「高みの見物？」
佐藤がそんな僕に横から茶々を入れてきた。

「そんなんじゃないよ」

僕の気分は最悪だった。

昼休みが終わって五時間目になっても、真白は教室に来なかった。

保健室にいるらしい、先生が誰に言うともなしに言った。

僕は、授業が始まってしばらくして「体調悪くて」と教室を抜け出した。

そのまま、保健室に行った。

保健室で、保険医の先生に、めまいがするんです、と嘘をついた。熱をはかると当然平熱だったが、食欲なくて朝から何も食べてなくて最近暑いせいで夜中々眠れないんです死にそう、と適当なことを言ったら、ベッドに寝てていいことになった。

六つあるベッドのうち、一つだけ塞がってて、カーテンが閉まっていた。

多分、そこに真白がいるんだろうと思った。

僕はその横に寝転んで、話しかけた。

「真白、大丈夫？」

「染井くん？」

果たして、真白の声が返ってきた。

「何しに来たの」

「遊びに来た」

　ベッドのある部屋の外の、保険医の先生に聞こえないように、こそこそした小さな声で僕たちは喋った。

「船岡に告白されたんだろ」

「なんで知ってるの？」

「聞いてたから」

　言うと、真白の方から、深いため息が聞こえた。

「男子って、そういうの、話したりして楽しんでるの？」

「女子もやってんじゃないの」

　真白が何か言おうとしてるような雰囲気だったので、僕は待った。

「私、わかんないの」

　その声は、震えていた。

「みんなが普通に、当たり前みたいに人を好きになる気持ちが、わからない」

　まるで吉野みたいなこと言うんだな、と思った。

　枕(まくら)を折り曲げて、首に挟んで、顔だけ軽く持ち上げた。携帯を取り出して、吉野のアドレスにメールを送る。

▽君はもしかして、今、僕の隣にいる？

すぐ横で、携帯が震える音がした。

息をのむ音が聞こえた気がした。

▽なあ

▽おい

▽こら

何度も、メールを送る。その度に、すぐ横で、携帯が震える音がした。

▼なんでわかったの

直接言えばいいのに、何故か真白は、メールでそれを返してきた。

「僕の携帯拾ったとき、メールを見たんだろ」

吉野からのメールはいつも、授業中以外に送られてきた。真白は授業中に携帯を見ない。

もしメールの相手が吉野じゃないとしたら、他に誰だろうと思った。

テスト中にメールして、クラスメイトの誰かだろうということはわかった。

それから次に、遠足のとき、真白の携帯電話に、僕の名前が登録されていたことを思い出した。

「なんでこんなことしたの」

僕は聞いた。

真白は、長いあいだ、それに答えなかった。

五時間目の終わりのチャイムが鳴って、僕たちは保健室を出た。

暗い保健室の外は、快晴だった。洞窟から這い出た原人みたいな気分だった。

「次の授業、サボらない？」

真白が言ったので、僕も頷いた。僕も今、そう言おうとしていたところだったからだ。

自販機で飲み物を買って、僕たちは学校近くの公園のベンチに座った。小学校はもう終わってる時間なのか、子供が遊んでて、その声がよく聞こえた。もう初夏で、雑草が随分深く伸びていて、ドライヤーに吹かれる長い髪みたいに揺れていた。

真白は、ぽつぽつと、語り始めた。

説明は、以下のようなものだった。

吉野のアドレスは、キャリアメールと呼ばれるものだ。ＧＭＡＩＬとかのフリーのアドレスと違い、携帯電話会社と契約するときに割り振られる。

キャリアメールは、携帯電話の解約と同時に、使用が凍結される。

でも、そのアドレスは、永遠に使用できなくなるわけではない。

悪用や、メールが誤って受け取られることを防ぐため、一定期間、使用することはできなくなる。それでも、一定期間が過ぎると、そのアドレスは他人でも登録できるようになる。吉野の携帯電話会社は一八〇日という制限を設けていた。

その規則を知っていた真白は、吉野と同じアドレスを取得したのだ。

それで、どうやって吉野のメールアドレスが使用されたのかはわかった。

次に僕が聞きたかったのは、何故それをしたのか、という点だった。

-i

真白が吉野紫苑を初めて読んだのは、中学二年生のときだ。

中学のとき、真白には、どこにも居場所がなかった。

まるで空気みたいな扱いだった。

自分が、透明人間になったような気分だった。

どこにも行けなくて、苦しかった。
あるとき本屋で、平積みされてる本を見た。
きっかけは、簡単なことだった。
中学生作家、衝撃のデビュー。
吉野紫苑。
自分と同い年で、随分違う人生があったもんだ、と真白は思った。
へー、と思った。
私は人生のどん底で。
彼女はきっと、絶頂なんだろう。
ちょっとムカつきながら本を手に取った。
ページをめくった。
まるで自分のことが書かれてるみたいだった。
自分の気持ちなんて、誰にもわからない。
そう思って生きてきた、彼女の気持ちが、そこに書かれているようだった。
そして、その小説は、真白を、遠くに運んでいってくれるようだった。
読み終えるのが嫌だった。不思議だった。

こんなことがあるのか、と思った。

立ち読みで、夢中で本を読み終えた。

本を置いて、立ち去ろうとして、書店の自動ドアを出ようとしたところで、足が止まった。

引き返して、その本を買って、家に帰った。

自分の部屋で、その本を何度も読み返した。二回目、三回目、全然、色褪せない。頭の中に直接、原色の絵の具を塗られてるみたい。時間の感覚も消えて、朝まで読んでた。本当に繰り返し。

真白は恥ずかしくなった。

今までの自分が。

臆病で、冷めてて、何か、諦めてた自分が。

それから吉野紫苑は、真白の中の憧れになった。

彼女の小説を読んでるときだけ、私は生きている。

それ以外の時間は全部、仮の姿だった。そうやって乗り切る。感受性をシャットアウトして、何も感じないように、自分に言い聞かせる。

「あなたみたいな人間、この世からいなくなればいい」

と真白に誰かが言う。

真白自身、いつもそう思ってた。

この世からいなくなって。

吉野紫苑の小説の中に行きたかった。

いつも、吉野、という名前を見るだけでドキッとした。

だから、高校に入って、座席表に吉野という名前を見た時も、一瞬、何かを期待した。

彼女が教室に入ってくる。

吉野紫苑と同じ髪留めだ。目に入った瞬間、最初にそれを思った。雑誌で見た、吉野紫苑の髪留めを、真白は覚えていた。だって、同じやつが欲しくて、しばらく雑貨屋を探したくらいだったから。

その髪留めの主は、髪型も吉野紫苑に似ていた。

それだけじゃない。

顔も、どことなく、吉野紫苑に似てる気がする。

いや、そっくりだ。

こんなに似てる人がいるんだ。

彼女の名前を名簿の方で確認する。

吉野紫苑。

まさか。

信じられない気持ちだった。

まばたきもできない。

こんなことが現実にあるんだろうか。

まるで小説みたいだ、と思った。

すごい。

あり得ない奇跡が目の前で起きてる。

真白はずっと吉野のことを見続けていた。その様子が異常なので、ついに教室が少しざわつき出したくらいだった。

吉野と目が合った。

彼女も、真白の反応に、ビックリしたような顔をしていた。

声をかけられないまま、真白はずっと、吉野を見ていた。

神だ。

神様が、自分の教室で一緒に授業を受けてる。

奇跡だ。事実は小説よりも奇妙なりだ。

どうしよう。

真白はただ、吉野を見続けた。

待ってた。

だって自分からは無理だし、そうしてたら、彼女の方から声をかけてくれる気がした。

「真白さん」

その時は案外早くやってきた。

「あの、もしかして、違ってたらアレなんだけど」

「違わないです」

そこからは、止まらなかった。

自分がいかに吉野紫苑を愛してるか。

話し続ける真白に、吉野は照れたような顔をした。

「ちょっと、恥ずかしいかも」

あんまり、吉野は、自分の小説の感想を聞かされるのが好きじゃないように見えた。

　でも、一緒にいたかった。

とはいえ、真白と吉野の関係は、非対称だった。

小説家とその読者。

神様とその信奉者。

対等の友達とは言えない。

吉野と仲良くなってみると、その作品世界ほどに、とっつきにくい人間じゃなかった。むしろ、普通すぎるくらい、普通の感性を持ってる。受け答えも一見普通だし、そんなにクラスで浮いてるようなところはない。

ぽつぽつと、小説の話を、してくれた。

真白は、吉野の小説が好きだから。

その断片的な、とりとめない、彼女の小説に関する話を聞くのが、好きだった。

ずっと、聞いていたかった。

　吉野は、高校でどこの部活にも所属していなかった。聞くと、以前は、彼女は小説を、中学の部室で書いていたという。でも吉野は高校生になってから、小説を書く場所をうまく見つけることができないでいた。

結局、吉野はいつも、家で小説を書いていた。そのうち、高校の授業にも、あまり真面目に出席しなくなることが増えていった。それを吉野は、ズル休み、と言っていた。

吉野がいない高校の教室に、真白は退屈していた。

それで真白はある日、自分も学校をサボって、吉野の部屋に遊びに行った。

離れ、と聞いていた。見るとたしかに、母屋らしき大きな家のすぐ横に、小さなもう一つの家があるのが見えた。白塗りの、趣味のいい家だった。ドアをノックする。

「あがって」と声が飛んできた。

中は綺麗に整理整頓されていた。初めて見る、吉野の部屋に、真白は圧倒された。吹き抜けの天井まで、ずらりと本が並んでいる。部屋の中央にデスクと椅子があって、そこで吉野はノートパソコンに向かって、小説を書いていた。

「すごいね」

「そのへん、座ってて」

そう言われても、その部屋には座る場所がなかった。立ったまま、真白は吉野が小説を書く姿を見守った。それが真白が初めて見る吉野が小説を書く姿だった。

そのときは、すぐに吉野の集中が途切れた。

「邪魔しちゃった？」

真白は少し緊張しながら、申し訳ないような気持ちを込めて吉野に言った。「全然」吉野はあまり気にしてない風で、顔を上げて真白を見た。

それから二人で雑談をした。

真白は、吉野の邪魔をしたようで、悪いな、と思った。もう行かない方がいいのかもしれない、帰り道を歩きながら真白はそう思ったが、意外にも、吉野の方から数日後、また遊びにきてほしい、できればなんか、スタバかどこかで、なんとかフラペチーノでも買ってきてほしい、と言う。

それから、奇妙なことが起きた。

「お願いがあるの」

いつの間にか、吉野の部屋に、椅子が一脚、増えていた。

真白はそこに座らされた。ちょうど吉野の、正面に位置していた。

「ずっと、ただ、そこにいてほしい。何もしないで」

最初、何の冗談だろう、と思った。でも、吉野のあまりに真剣な表情に真白は気圧（けお）されて、そのまま言うことに従った。

吉野はそれから、じっと真白を睨むように、何度も何度も視線を移しながら、小説を書き始めた。

まるで画家が、モデルの姿を見ながら、絵を描くように。

その様子があまりに真剣なので、真白の方も緊張してきた。

吉野が、何を書いているか、ということを、真白に教えることはなかった。

真白の方も何も聞かずに、ただ、座っていた。

そういう日が、一週間のうちに、何度かあった。

学校が休みの日や、たまに吉野が学校をサボるとき、いつも真白は吉野の部屋に行って、椅子に座っていた。

吉野の力になれるなら、何でもいい、と真白は思った。

それで、そんな奇妙な日々を、真白は吉野と重ねていった。

「いつか私がもし死んだらさ」

ふいに、吉野はそういうことを言った。その頃、吉野は小説を書くことに行き詰まっていたせいか、雑談の中にも、死というワードが含まれることが多かった。

「死なないよ」

「ノートパソコン、人に見られたくない」

吉野はそう言ったが、真白は、それを見たいな、と思っていた。

そのときちょうど、真白のことを好きだという男子がいた。見た目がただマシだっていう、それだけの理由で、告白してくる人間というのもいる。

真白はその男の子と付き合ってみることにした。

そのとき、恋愛小説を書いていた、吉野の参考になればいいと思った。デートを重ねてみる。

そのたびに、全然好きじゃない、ということを再確認するみたいだった。

吉野が死ぬ少し前、終業式の前日、二人で午後の授業をサボって外に出かけた。吉野の方から、急に言い出したのだ。「サボってどっか行こうよ」真白に、吉野の誘いを断るなんて考えはない。言われたままに従って、学校をサボった。

二人でサーティーワンアイスクリームでアイスを買って、鴨川で並んで食べた。鴨川には、川辺に、等間隔の距離を開けてカップルが並んで座る、という奇妙な文化がある。それを見ながら、吉野は憂鬱そうに言った。

「小説書くのやめようかな」

それでもいいよ、と自分は言ってあげるべきだったんだろうか。多分そうだ。でも真白は全然逆のことを言った。それは多分、真白が、本当の意味では、吉野の友達じゃなかったからだ。

「嫌だ私そんなの」

生きてる意味がない、と思った。吉野紫苑の小説が読めないなら、生きてても仕方ない。

「冗談だよ」

吉野は笑って、ペロリとアイスクリームを食べた。それから、「真白のもちょうだいよ」と言って真白からアイスを取り上げた。子供みたいだな、と思いながら真白は吉野にそれをあげた。真白は吉野にならば、何を捧げてもいいと思っていた。

コンビニで酒を買って二人で飲みながら歩いた。

木屋町（きやまち）の路地裏を歩いてたとき、なんかちょっと怖そうな男の二人組に声をかけられた。ピアスとネックレスをしていた。大学生くらいだけど、大学に行ってるかどうかもわからない。

「どっか行こうよ」

詳しい口説き文句なんて覚えてないけど、たしかそんなようなことを言われた気がする。

吉野は、ぞっとするほど暗い顔になって、それから、そのテンションのネガとポジが反転するみたいに急に、パッと明るい顔になって、「どこに連れてってくれるの？」と叫ぶように大きな声で言った。「やめなよ」真白は吉野の袖(そで)を引っ張って、表通りまで連れていった。真白の手も、吉野のも、少し震えていた。

そのまま二人で、ほとんど口も聞かずに、阪急(はんきゅう)電車に乗って帰った。

翌日の終業式、吉野は学校に来なかった。

気まずかったし、心配だったけど、メールも何もできなかった。

それでも、まさか、死ぬなんて。そんなことは思ってなかった。

吉野が死んでから、真白は学校に行けなくなった。

誰もが聞いてくる。吉野について。何も話したくなかった。

付き合ってた男子も、真白を心配していたけど、もう、彼と付き合う理由は、真白にはなかった。

吉野が死んで、真白の頭に浮かんだのは、あのノートパソコンの存在だった。あそこにはきっと、吉野が死ぬ直前まで書いていた小説が残されているんだろう、と思った。

夜、真白は吉野の家に向かった。それは、臆病な真白にしては、随分思い切った行動だった。

ドアの鍵は閉まっていた。一瞬、絶望したけど、ぐるりと外に回った。窓の鍵が開いていた。真白は這い上がって、部屋の中に入った。

吉野のノートパソコンは、まだ、そこにあった。

まるでまだ吉野が生きていて、続きを書かれることを、そのノートパソコン自身が、待ち望んでいたように。

それを持って、真白は玄関から家を出た。

自分は、やってはいけないことをしている、罪悪感はあったけど、自分の行動を止めることはできなかった。

ノートパソコンがそこにあれば、いつか誰かに見つかってしまう。それを吉野は、望んでいなかったような気がした。

家に帰って最初、真白は、吉野が言っていたように、そのノートパソコンをどこかに捨ててしまおうと思った。どこに捨てるにしても、まず、データを消去した方がいいだろう。

中を見る。

染井くんへ
そう書かれたファイルが、最初に目に入った。

誰だろう。胸がざわついた。

真白は知らなかった。

くん、というからにはそれは男だ。

恋人でもいたんだろうか？　まさか。

それを開く。

読んだだけでは意味がわからなかった。

ただ、吉野には、どうやら、真白以外に、親しい人間がいたらしい。ということはわかった。

それを一旦見たら、もう、止まらなかった。

パソコンには、吉野の書きかけの小説と、それから、日記のような文章が保存されていた。

そこには、吉野と、染井くん、という男との日々が、詳細に記録されていた。

真白は、学校に行かなくなってから、しばらく、ずっと、家で寝てた。

その間ずっと、真白は吉野のパソコンを、何度も読んだ。すっかり、中身を暗記してしまうくらい何度も熟読した。

保健室登校をしながら進級だけはしたけど、学校は結局辞めることになった。

辞めたからといって、他にどうするあてもない。

真白は電話してみた。

染井くんに。

その男の子も、小説を書いていたらしい。

本人よりも、彼の書く小説の方に興味があった。

「小説、書いてますか？」

「書いてません」

一発、殴ってやろうと思った。

転校する手続きを親がとり、真白はどこの高校に行きたいか、と聞かれて、染井くんの通う高校の名前を出した。

染井くん、という人間が、どういう存在なのか、知りたくて、真白はこの高校に転校した。

でも、彼はどういう了見か、吉野のことを知らないと言い張る。

ある日、彼が携帯電話を落として探しているところに出くわした。

それを先に見つけた真白は、ロック画面に、メールが届かなかったことを示す自動返信のメッセージが表示されているのを見た。

そのアドレスに、見覚えがあった。

吉野のアドレスだ。

スライドして、中を見る。

彼が、何故か、死んだ吉野にメールをし続けていることを知った。

それを見たとき、真白は、吉野のアドレスを取得することを考えた。

一八〇日経過後に第三者がアドレスを再取得できる、そのルールを真白は前から知っていた。

真白は、過去にも、その吉野と同じアドレスを使おうかと思ったことがあったからだ。

誰か、縁（えん）もゆかりもない人間がいつか遠い未来、吉野のアドレスを使うことを想像すると、耐えられなかった。

それで、アドレス帳に残った吉野のアドレスを眺めながら、その考えを実行しようかと、何度も悩んだことがあったのだ。

染井と、吉野のことを話す、きっかけになればいいと思って、真白はアドレスを取得した。

でも、いざメールしようとしたとき、真白の中に、ふっと、イタズラ心のようなものが芽生えた。

吉野のフリをしてみよう、と真白は思った。それは、冷たい彼に対する、復讐心(ふくしゅうしん)のようなものだった。

それを続けるうちに、真白は、本当のことが言い出せなくなっていった。

それに。

吉野になりきってメールをしてると、まるで彼女が本当にどこかで生きてるような、そんな奇妙な気持ちになれた。

だから真白は、そのメールをやめられなかった。

④

不思議な話だった。

実際に、そのノートパソコンを彼女に見せてもらうことにした。

僕は真白と連れ立って、彼女の家に向かった。

真白の家で、ノートパソコンを開けた。

このパソコンがあったから、真白は僕からのメールに、吉野のようにメールをし続けることができたのだ。

パソコンを起動させる。

起動したデスクトップ画面の中央に、テキストファイルが保存されていた。

ファイル名を見て、どきっとする。

染井くんへ

そう書かれていた。

ファイルを開く。

このファイルを最初に読むのが、どうか染井くんでありますように。

人はいつ死ぬかわからない。

幸か不幸か、小説家になった私は、その死後、自分のテキストがどう読まれるかということについて、細心の注意を払わなければいけない立場にあります。

私の希望はハッキリしています。

未完成の原稿なんて死んでも読まれたくない。

日記やその他のメモの類のようなものも全て。

だから、染井くんはこのメッセージを見たら、速(すみ)やかにノートパソコンを、生前の私との約束通り、海に沈めてください。

本当は、このメッセージ自体を目にしないことの方が望ましかった。だからこれは警告。フォルダの中身を見ないように。

あなたが、マックス・ブロートのような裏切り者でないことを祈る。

さよなら。

なんでわざわざこんなテキストファイル残そうとするかなぁ、と思った。

そんな彼女が残したテキストを見ても、決心が揺らいだりはしなかった。躊躇なくフォルダを開く。

吉野が、普通の女の子だったら。小説家じゃなかったら。絶対そんなことしなかったと思う。

でも彼女が残したテキストを、僕は読みたくてしょうがなかった。

吉野はこのフォルダの中身を開けられることを、むしろ望んでいたんじゃないか？

そんな都合のいいことを僕は思った。

なんだか、頭の中を覗いているような気分になる。少し後ろめたい。

小説

日記

このあたりのフォルダに、テキストが入ってる気がした。

小説、と書かれたフォルダを開く。

中には、大量のテキストファイル。

思わず声が出そうになる。

日付順にソートした。

ファイルサイズはまちまちで、文章量の多くなさそうなファイルもあった。書きかけでやめてしまったんだろう。

一番最近のファイルは、吉野が死んだ日付で止まっていた。死んだ日も、小説を書いていたのだ。

『この世界に愛をこめて』

タイトルに、そう書かれていた。

なんだろう、このタイトルは。不思議に思った。

だって、あまりに吉野らしくない。なんだか、ポップソングみたいだ。彼女は、もっと捻(ひね)くれたタイトルをつける人間だった。

愛なんて、吉野が一番憎んでいたものじゃないか。

僕は躊躇した。

その小説を読むことで、僕は吉野に、ガッカリしてしまうんじゃないだろうか。それが怖かった。

生前書いていた、これが吉野の最後の作品だ。彼女が多分、書きあぐねていて、そして、それが故に死んだ作品なんだと思う。

でも、ガッカリしたとしても、それはそれでしょうがない。

クリックする。ファイルを開く。

それは奇妙な小説だった。

「染井」という名前の男と、「真白」という名前の女が出てくる。

僕と真白をモデルにした登場人物だ。

その二人を主人公に、小説が書かれていく。

そこに、「吉野」という名前の小説家が登場する。

それはどう考えても、吉野が自分の身の周りの現実をモデルにして書いた小説だった。


自分が出てきたところで、急に意識が現実に引き戻された。多分、僕の顔は、赤くなっていた。これは吉野の作品の中でも、明らかに毛色の異なる作品だった。現実の人間、つまり僕をモデルにしている。

あの吉野に自分が書かれている。そう思うと、それ以上この小説を読み進めるのが、怖かった。

それでも、勇気を振り絞って、続きを読む。

フォルダを見ると、その小説には幾つかバージョンがあることに気づいた。

第一稿、第二稿…………と続いていって、第十三稿まである。それはつまり、吉野がその小説を、十三回も書き直したことを意味している。

試しに、初稿と最新の原稿を見比べてみる。

原稿には、修正した後が残っていた。

それは膨大なテキストだった。同じ小説が、何度も、何度も修正されている。

それを僕は一つ一つ読んでいった。

吉野が描く僕の姿は、はっきり言って、全然格好よくなかった。どこか滑稽ですらあった。小説家志望のクラスメイト。でも、いまいち伸び悩んでいる。

そんな染井という男と、常に一緒にいる「吉野」。そんな姿が、小説の中で描かれていく。

やがて、二人は高校に進み、別々の学校に行くことになる。

吉野は、真白とクラスメイトになる。

真白が吉野と出会った経緯も、全部書かれている。

僕になりきって、真白になりきって、吉野は書いている。

そして、吉野を介して、染井と真白は出会う。

二人は、恋に落ちる。

なんだよこれ、と思った。

＊

正体がバレてから、真白はメールだけ妙に馴れ馴れしかった。

▼もしおやつを食べるとしたら、ポッキーにするべきか、プリッツにするべきか、それが問題だ。　ＢＹ真白スピア

▼私、期末テスト、全然勉強してなくて、何も書けなかった。わからないことには沈黙しなければならない。とはいえ、留年したらどうすればいい？　ＢＹ真白ィトゲンシュタイン

メールの内容はどんどんくだらなくなっていく。

▽高校生で留年って、中々アウトローな生き方で面白いと思うし。そのまま、劣等生街道を突き進んでよ

▼染井くん、お昼ご飯、一緒に食べようよ

▽別にいいけど

メールではそんな感じだけど、いざ会うと、仏頂面で、何も喋らない。購買で買ったパンを学食のテーブルで二人で食べる。さすがに外のベンチ、七月は暑い。

「何か喋れよ」

そっちから呼び出しておいてなんだよ、呆れながら言う。

「うーん……」

すると真白は、真剣な顔で目の前の蜜柑デニッシュを眺めて固まった。なんなんだよ、と思う。

結局、僕たちの間には、吉野の話題しかなかった。

「吉野さんって結局、何考えてたんだろうね」

「わかんないよ」

そんなことわかったら苦労しない、と思った。

「夏休みってなんか予定ある？」

「何もないね」

夏休みに予定があるような人生を送ってないのだ。

でも思えば、来年の今頃は受験で、それなりに忙しなく勉強をしてるのかもしれない。もしかしたら、今の高二が、人生で一番暇な夏休みかもしれない。

▼吉野さんって、好きな人いなかったのかな？

夜、家に帰ってから、真白からそんなメールが届いた。

少し考えて僕は、

▽吉野は誰のことも愛せないことに悩んでた。多分、家族すらも

と返信した。

終業式を数日後に控えた日曜日、何も予定がなくなって、僕は一人の部屋で、暇をもて余していた。

何もすることがない。

こういうとき、今までは、あの吉野のアドレスにぽつぽつとメールをしたり、していた。

メール画面を開く。

▽暇？

少し迷って、送信ボタンを押す。

▼暇！

返事がすぐに来た。想像した。このスピードでメールが返ってくるってことは、も

しかしたら真白は、僕と同じように、なんとなく携帯を手にとって、ぼーっと眺めていたのかもしれない。

▽絵の続き、やる？

実は僕と真白は、一学期のあの絵を完成させていない。教師から、早く完成させるように、と言われていた。

▼あー。じゃあ、どうする？

それで二人で、学校に行った。

美術室の隅に、僕たちの描きかけの絵が置かれている。

二人で向かい合って、絵を描く。ほとんど、無言で。

「なんか私たちさ」

「ん」

「現実に面と向かって喋るより、メールで話してる方がうまく話せる気がする」

たしかに、真白と向かい合っていると、妙な緊張感が未だにあった。その正体が何なのかは、わからない。もしかしたら、最初に抱いた苦手意識みたいなもののせいかもしれない。

集中力が途切れたのか、トイレに行くのか、黙って、真白が教室を出た。そのままじゃ絵の続きもできないので、僕もちょっと休憩しようかと、椅子から立ったところで、携帯が震えた。

▼染井くん、鼻毛出てる

慌てて携帯のフロントカメラを鏡がわりにして確かめようとする。

教室のドアから真白が顔だけ出して僕を見ていた。

「冗談だよ」

「あのな」

ムカついたので、真白が描いてる途中の自分の絵の前に立った。

絵はかなり完成に近づいていた。陰鬱な顔をしている、男子高校生の顔がそこにあった。嫌な奴だな、と我ながら思う。なんだか自分だったら、こんな奴とはちょっと友達になりたくない。その真白が描いた僕の絵の、鼻に、鉛筆で鼻毛を描きたす。その鼻毛を口の中に入れて食べさせた。絵の中の僕が、一気に間抜けになった。

「ちょっと、何して」

真白は慌てたように僕を押しのけた。「あー、最悪」「別に上から絵の具塗れば大丈夫だろ」美術室は一階にあって、外が中庭に面している。ドアを開けて、外に出た。

「ちょっと、染井くん、続きどうすんの」真白が後ろからついてくる。

「夏休みって暇だよなぁ」

そんなの思うこと自体が初めてだったかもしれない。今までは、むしろ、暇であることを僕はどこか好んでいた。一人で過ごせる時間の方が、誰かといる時間よりもずっと、貴重なもののように思えていたからだ。

それが今年は違う。何故なのかはわからなかった。

「私さ、染井くんって、もっと素敵な男の子かと思ってた」

「なんだよそれ」

苦笑するしかなくて、顔を向ける気にもなれない。

「だって、あの吉野さんが、唯一仲良くしてた人だから」

「たまたまだよ」

僕たちには、結局それしかなかった。現実が用意した無意味な偶然。たまたま、近所に住んでて、だから中学が同じで、同じ部活だっただけだ。別に僕に特別なものはなかった。ただ、そばで生きていただけ。

「想像の中の染井は、もっと背が高くて、足が長くて、髪も柔らかくて、気さくで、男らしくて、いい奴だったか？」

「そういうわけでもないけど」

大体、想像に勝てる奴なんていないのだ。

「染井くんは、もう、小説、書かないの？」

「そうだな」

「じゃあ、これからどうするの？」

「どうもしないいんだよ」

何も考えないで何も感じないで大したこと何もしないで生きていきたかった。

「後悔しない？」

「そんなこと言ったって、後悔は先に立たないから」

いつか未来に後悔するかどうかなんて、どうしたら今わかるんだろう。

「私はさ、何もないから」

はっとして振り返った。そんなこと、自分に対して言う、彼女の顔が、気になった。

「私はつまんない人生だから。知ってるんだ」

「そんなことないよ」

「気休め言わないでよ」

真白の顔から、表情が消えた。

「私は本当に、つまんない人生。将来見えてる。どこで何してもしょうがない。わかってる。本気出せない人生なんだ。知ってる？　そういう人がいること」

そんな自虐的な台詞を、真白は無理に明るい声で言った。

「なのに染井くんはさ、やりたいことあるのに、小説書きたいのに、読んだことないから才能があるかどうかなんて私にはよくわかんないけどさ、でも、小説書きたいのに、ああでもないこうでもないとかグダグダ言って、いつも言い訳して。怖いだけだよ。ビビってるだけ。バカじゃない。駄作を書くのが怖いだけでしょ」

「あのな」

何か言い返そうとした僕を、真白は遮った。

「私の分まで、本気出してよ」

声が震えていた。

よく見る。

目に、涙が滲んでるのが見えた。

「本気出して」

美術教室の前の花壇のへりに真白は上った。僕より一段目線が高い。夏の白っぽい日差しが視界の色合いを、いつもより薄くしていた。上から、見下ろすように真白は僕を見た。

彼女は、すっと透き通った腕を差し上げて、一番長い指を僕に向けた。

「私、染井くんに、小説書けって言いに来た」

僕はただ、呆気にとられていた。

「そのために、この学校に来ました」

勝手なこと言うなよ、言い返したくなる。でもそのときの真白には妙な迫力があって、僕は何も言い返せなかった。

「だから、小説書いて」

花壇からジャンプ、危なっかしい足取りで着地して、真白は僕の方に来た。ちょっと上目遣いに、だけど睨むように僕を見据える。

「……何を書いたらいいかわかんないんだよ」

僕は言って、目を背けた。

「決まってるでしょ」

ドスの利いた声だった。

「恋愛小説」

マジで言ってんのかこいつ、と思った。

第 i 章

With all my love in this world

i

終業式の後、真白と二人で、学校近くの喫茶店に行った。

「作戦会議」

そう彼女は言った。

「染井くんの、スランプ脱出大作戦」

真白の勢いに押されて、僕は何も言えなかった。

「私、いろいろ調べてきたんだけど」

嫌な予感しかしなかった。

「スランプを脱出するにはね、とにかく何も考えずに、思いついたことをなんでも書いてみたらいいらしいの」

「ああ、そう」

そんなので小説が書けるようになるんだったら苦労しないよ、と思いながら聞き流す。真白は、原稿用紙とペンをテーブルに置いた。

「今、早速書いてみて」

「あの、僕、執筆はパソコン派なんだよね」

「今とりあえずはこれでいいでしょ。試しに私の前でさ、思いついたことなんでもいいから、書いてみてよ」

うんざりしながら、ペンを手に取った。用意されていたのは、ご丁寧にモンブランの万年筆だった。真白の家はちょっと裕福なのかもしれない。

死んだ目で適当に文章を書き続けて、真白に見せた。目を輝かせながら真白は原稿を手に取り、声に出して読み上げた。

「えーっと……俺は殺人鬼だ。今目の前にいる女を殺したいと思っている。どうやって殺そう。どうせなら派手な方法がいい。そうだ、ダイナマイトで爆殺しよう……なにこれ」

「今の率直な気持ち」

真白は怒って原稿を真っ二つに引き裂いた。分厚い電話帳を破るプロレスラーみたいだった。

「真面目にやってよ！」

「書けないものは、書けないよ」

僕はキレ気味に言ってやった。

「大体、彼女もいない、恋愛したこともない、恋愛小説もほとんど読んだこともない、恋愛に全く興味ない、恋愛偏差値ゼロの僕が、どうやったら恋愛小説書けるっていうんだよ！」

「妄想でしょそんなの！　恋愛小説書いてる人なんて大体現実ではモテなくて、結婚もできなくて一生独身で、理想化した恋愛を代償行為みたいに書き連ねてるだけに決まってるよ！」

「憶測で酷いこと言うなよ！」

全世界の恋愛小説家に土下座しろよ！

「大体、大げさに考えすぎなんだよ。何もさ、ものすごい大恋愛を書かなくってもいいじゃない？　大いなる運命の流れに引き裂かれる二人とか描かなくてもさ。もっとこう、ささやかな、そのかわりリアリティのある……」

「それが一番難しいんだよ！　わかってないな。大げさなのは先例があるからなんとでもなるの。細かい人間の感情の機微とか、わかりやすいドラマのない、現代を舞台にした恋愛小説の方がよっぽど書きづらいんだよ。参考にできる作品もないしな」

そこまで言って、ふと思った。吉野がなんであんなに行き詰まっていたのか。恋愛体験のない人間が、等身大の恋愛小説を書くというのは、至難の業なのかもしれない。

「吉野さんの書きかけの小説」

真白は、吉野の小説をプリントアウトして、その場に持ってきていた。小説なんてただの情報なのに、印刷されて紙束になったそれは、随分、物としての重量感を感じる。

僕もその小説を、読んでいた。

書きかけの、幾つもの断片。

高校生の男女が、夏休みに、二人で、いろんなことをする。その内に、気持ちが深まっていく。そんなことが書かれている。

「これ、二人でやってみない？　そしたら、何かわかるかも」

「それじゃまるで、吉野と一緒じゃないか」

僕は喫茶店の椅子から立ち上がった。例えばそれで吉野が小説を書けるようになったわけじゃない。時間の無駄だと思った。

「ちょっと待ってよ」

お金だけ置いて、真白から離れる。これから夏休みだ。もう明日から教室で無理に顔を合わせる必要もなくなる。逃げ切れると思った。

「私も手伝うからさ」

背中から真白の声が聞こえた。

「なんでもするから」

聞こえないふりをして、僕は帰った。


夏休み、何もすることがない、薄暗い部屋で一人。

エアコンが壊れていた。

真夏にエアコンが壊れると、どうなるか。

軽い地獄である。

電源をつけても、室外機が回ってない。生ぬるい風だけを吹き出す、扇風機と化していた。

僕はタンクトップに半ズボン、という、裸の大将みたいな格好で、その生ぬるい風に当たっていた。焼け石に風。新しいエアコンが来るまで、あと二週間。

携帯が震えた。
▼**私は高瀬川に蛍を見に行こうと思います。染井くんが来るまで、待ってます。来なかったら野宿です**
高瀬川というのは、けっこう辺鄙なところにある、観光名所だった。京都市内で蛍

が見られる可能性のあるスポットなんて限られているけど、そこがその一つだった。

今の時刻は午後三時。それでも部屋は、まだ暑い。外の方がまだ涼しいんじゃないか、という気がしてきた。

耐えられなくなって、自室の外に出る。それ以上自分の部屋にいるのが耐えられなかった。

シャワーを浴びて、着替えて、水道からくんだ水を飲む。Ｔシャツにオリーブグリーンのチノパン、そっと外に出る。

電話が鳴った。

「もう家出た？」

真白の声だった。

「そうな」

僕はうんざりしながら答えた。

バスを乗り継いで高瀬川に行った。現地集合、バス停の近くで、という話になっていたけど、バスを降りてあたりを見回しても、真白の姿は見えなかった。

「お疲れ」

真白の声がして振り返る。

いつものイメージより少しラフな格好をした真白がいた。

「今日、暑いよな」

「私、あんまり汗かかないタイプだから」

見るとたしかに、彼女は僕に比べて涼しい顔をしていた。

「もうそろそろ夜だしさ」

「ちょっと早く来すぎたんじゃないか」

夜になって、高瀬川、蛍の姿は見えなかった。

「今日はいないんだよ」

早く帰ろうぜ、という意図を込めて僕は言った。

「やっぱり現実はダメだね」

真白はつまんなさそうに言って、足元の小石を蹴(け)った。

そのまま二人で高瀬川のあたりを歩いた。

「にしても、なんでみんな蛍見たいのかな？」

「カップルで蛍見るとお得な気分がするんじゃないか」

僕がだいぶ適当なことを言うと、真白は何故か無駄にすごく納得したみたいな顔をした。

「きっと見えないポイントカードがこのへんに浮かんでて、ポイントが貯(た)まってくんだよ」

「貯まったあと、どうなるんだ？」

「結婚でもするんじゃない？」

「結婚した後は？」

「ポイントを支払ってくの。私のお父さんとお母さんがそんな感じ」

「うちもそうかもな」

自分の両親の間に、今も恋愛感情があるようには見えないもんな、と思う。

「あれ、何。光」

真白が指さした先に、一つ、ぽつんと、光が浮かんでいた。蛍かもしれない。

「僕には見えないよ」

「嘘」

「人魂じゃない？」

真白はかがみ込んで、蛍をじっと見た。

「そこそこ綺麗だよ」

それをじっと見て、ふっと、ここに吉野がいたら、なんか面白いことの一つでも言ってくれたのかな、と思った。きっとシニカルで気の利いた発言でもして、僕たちを笑わせてくれたかもしれない。

「ほら、早く、染井くん、蛍の光から、人の生の儚さを感じ取ってよ」

「難しいな」

真っ暗な道を二人で歩いた。

「私、吉野さんが死んでから、うまく小説が読めない」

「僕もだよ」

うまく真白の顔が見えなかった。だから、どんな顔してるかわからなかった。

「でも、小説のない、現実だけの今は、息が詰まって窒息して死んじゃいそう」

そのとき少し、真白の気持ちが、自分とシンクロしてるみたいな気持ちになった。

「私、面白い小説が読みたいよ」

「そうな」

道の先にはあかりがなくて、何も見えなかった。

夜の鴨川。

鴨川の、三角デルタの近くに猫の墓がある。

横断歩道で、轢(ひ)かれてた猫を拾って、吉野が埋めた、その墓を僕たちは探した。

吉野はたまにそこに行って、地面を掘り返して、猫の死体を眺めるのが趣味だったらしい。

それを見ると、死に近づいていける気がした。

「見つからないね」

夜だからか、吉野の日記に書かれたそれは、中々見つからなかった。

「四つ葉のクローバー探してるみたい」

風が草を揺らして、たまにその草が頬(ほお)に当たった。

「どうせなら四つ葉のクローバー探したいよ」

「そしたら、ラッキーになれるのかな」

真白がちょっと笑って言った。ラッキーになれるってなんだよ、と僕は思った。

「染井くん」

一時間くらい探して、真白が僕に声をかけた。無言で、自分の足元を、彼女は見た。

そこの草をかき分ける。吉野の日記に書かれていた、石を積んだだけの奇妙な墓がそこにあった。小人族が作ったストーンヘンジみたいな墓が。

「不思議な気分だね」

あたりは、しん、と静まり返っていた。さっきまで、たまに遠くで聞こえてた、どっかの酔っ払い大学生の嬌声(きょうせい)も今は耳に入らない。

吉野の未発表小説の再現。

吉野が、書いていたことと、同じことをする。

真白が、鴨川を見ている。僕はちょっと振り返って、彼女に向き合った。鴨川の水面が背にあった。

僕は後ろ向きにバク宙して、水の中に飛び込んだ。

真白の目が、驚きで見開かれる。

僕は妙に得意な気分になった。

視界が空転する。

夏祭りの花火みたいに、水しぶきが上がった。

「染井くん、なんかテンションが変」

「変なことするのに平常なテンションの方が怖いだろ」

真顔で水面に足をつけて、服着たまま、おそるおそる中に入ろうとする方がバカらしい。と、思ってたら、真白がまさにそれをしようとしたので、「飛べよ」と僕は言った。

真白が、超運動神経悪そうなステップ踏みながら、水の中に飛び込んだ。バチャバチャと、犬かきみたいにしていた。

「足がつかない」

いや、つくだろ、と思って、落ち着かせるために真白の肩を押さえた。足がついて、彼女はホッとしたような顔をした。

「なんかちょっと、楽しいね」

真白もこの状況を、だんだんと、楽しみ始めているようだった。

「せっかくだし、泳ごうよ」

そう言って真白は水に潜った。さっきまで溺れかけていた人間と、同一人物だとは、とても思えない。

「これはさ」

誰も見てない。

夜の鴨川に二人でいると、変な気分になった。

無意識が、水に溶け出していくような、変な気分だった。

「海に繋がってるのかな」

「そりゃそうだろ、川なんだから」

ゆっくりとしたフォームで、真白は泳いだ。背泳ぎだった。僕は、彼女の泳ぐ姿をただ、黙って眺めていた。

「真白」

「何」

水の底に足をつけて、真白が止まってこっちを振り返った。濡れた服を気にもせずに、笑って僕を見た。

その少し壊れたような笑顔を、僕は嫌いじゃないと思った。

「真白は、悲しい？」

「うん」

「僕は、ちょっとホッとしてる自分がいたんだ。吉野が死んで。だって、そばで見てると、いつも不安な気持ちになった。落ち着かない、いつか心が折れて、吉野が死ぬんじゃないかって、その恐怖にいつも怯(おび)えてた。そこから解放されて、僕は、気が楽になってる自分に気づいたんだ」

僕の話を、真白はただ、黙って聞いていた。

「最低だと思わないか？」

真白が、ブラウスの袖を軽く絞った。水が跳ねて音を立てた。

「もし染井くんはさ」

暗い水面に、何かの光が反射していた。あれは何の光だろう、と目を上げて探す。それが見つからない。

「吉野さんが、小説を書いてなかったら、彼女と仲よくなれた気がする？」

「あり得ないね」

吉野と僕の接点なんて、他に何もないのだ。

結局僕たちは、三十分くらい、その場にいたことになると思う。一通り泳いで、話をして、いい加減、風邪を引きそうで、鴨川の岸辺に上がった。

「このあと、どうするの？」

「……何も考えてなかった」

僕たちは、馬鹿げたことに、着替えも何も持ってきていなかった。それで、ずぶ濡れのまま、全く途方に暮れてしまった。

「最悪！」

真白は最初機嫌悪そうにしていたけど、それ以上、どうしようもなかった。

そのうち吹っ切れたのか、真白はふふふ、うふふ、と笑い出した。うすきみ悪い笑い方だと思った。

水が僕たちの服をつたって、ポツポツと、アスファルトに点を描いた。

「寒いね」

真白がちょっとだけ絶望的な声音(こわね)でこぼした。

小説には、こんなことまでは書かれていなかった。

書いてないだけで、着替えを持ってきていたのかもしれないし、あるいは、僕たちのようにずぶ濡れで帰ることにしたのかもしれない。

書いてないことはわからなかった。

でも、むしろ、僕たちは、そうした書かれていない行間を読むために、こんなことをしてるのかもしれなかった。

2i

また別の日、僕たちは、ちょっとした危険を冒(おか)すことにした。

北区(きたく)に、千束坂(せんぞくざか)という、急な坂があった。滅茶苦茶、急な坂だ。

深夜に、僕たちはその坂を登っていた。自転車を手で押しながら。

「本当にやるの？」

真白が緊張したように言う。

「大丈夫だよ」

大丈夫かどうかはわからない。本当に大丈夫なのか自信はなかった。

「だって、小説の中の二人はそれで死ななかったんだから」

なんの根拠にもなりはしないことを僕は言って、真白をなだめた。

坂の頂上にたどり着き、深呼吸して、覚悟を決める。

自転車のサドルを、坂の下に向ける。

坂の下には車道が走っていて、今の時間帯も、少ないながらも、車の往来はある。

ここから自転車で駆け下りたら、すごいスピードで、車道を横切っていくことになる。そのとき、車が来てたら、ガツンと衝突するだろう。

「別に怖いなら、真白は来なくていいけど」

「私も行く」

そう言って、真白も覚悟を決めたのか、自転車の後ろに乗った。

「ちゃんとつかまってろよ」

ぎゅ、と真白が僕の腰をつかんだ。

「行くぞ」

アスファルトを、蹴る。

そのままさらに、ペダルを漕いだ。

自転車が一気に加速した。

すごいスピードで、自転車は、落下するみたいに走った。

「やばい、死ぬ、死んじゃう」

真白は軽くパニクったような声をあげた。

街路樹があっという間に後ろに流れていく。時間が、流れていくのを感じる。

車が通らないかどうかは賭けだった。負けたら、死ぬ。

車道が目の前に迫ってくる。

「死にたくない」

真白が正直な気持ちを口走った。

僕たちの乗る自転車は、さらにスピードを上げていった。

「ちょっと、やめてよ」

僕はさらに加速させたくて、思いっきり、ペダルを漕いだ。

「やめない」

車道が迫る。

車が来るのか、どうか。来たら終わる。

そのまま、僕たちは全速力で、道を駆け抜けた。

「やった」

僕はホッとして叫んだ。

後ろで、僕をつかむ真白の手が、小刻みに震えていた。

「ポップコーン買う？」

「買わない。お金ないし」

京都市の外れ、みなみ会館という映画館で、恋愛映画のオールナイトをやっていた。二人で見に行った。高校生だと思われないように、大学生くらいに見えるように、背伸びした服装で行った。夏なのにジャケットを着てて、暑かった。

「オールナイトって来てみたかったけど、一人じゃちょっとさ、なんか怖くて」

「そう？」

僕も、小説の中でオールナイトの映画を見る登場人物の姿は何度も目にしたことがあったけど、実際に来るのは初めてだった。

大体そういうとき、小説の中の登場人物は、人生に行き詰まっていることが多かった。恋人と別れたり、仕事をやめたり、そういうときにオールナイトで映画を見るというイメージ。事実僕も真白も、なんとなくどん詰まりな精神状態だったので、それはうってつけかもしれなかった。

キスシーンで、何列か前の席の、多分カップルが、キスをするのが見えた。

「ああいう風に気分が盛り上がったりするんだね」

真白もそれに気がついてたらしく、上映の合間の休憩時間、スクリーンの外のソファーに座ってるときに言った。冷たいコーヒーを買って二人で飲む。カフェインを摂取しないと寝てしまいそうだった。

「オールナイトっていろいろやってるんだね」

真白が映画館のチラシを見ながら言った。

「無声映画のオールナイトとか」

「ぐっすりーぷできそう」

「たしかに」

無声映画じゃなくっても、真白は寝た。

「吉野さん」

寝言で、小さく、真白が言うのが聞こえた。

「小説が読みたいよ」

僕は一人で恋愛映画を浴びるように見続けた。洗脳されそうだ、と思ったし、洗脳されてしまえばいいのに、とも思った。

家に帰って吉野のノートパソコンを開いて、何度も彼女の書きかけの小説を読み返す。

吉野が何を書こうとしていたのか。

それはわかるような気がしたけど、あまりに難しいことのようにも思えた。何度読み返しても、その印象は変わらなかった。

府立図書館に二人で来た。恋愛小説を読んで参考にするためだった。

でも僕が真面目に恋愛小説を探している中、真白は何故か宇宙論のコーナーに吸い寄せられていた。

「何やってんだよ」

その彼女の様子に気がついて、呆れながら言う。

「すごいよ、染井くん。宇宙の神秘」

「ああ、そう」

僕も恋愛小説を読むのにウンザリして、彼女に近づいた。まだ恋愛よりも宇宙のことについての方がいくらか興味を持てそうだったからだ。

「宇宙の始まりには、虚数の時間が流れてたんだって」

「何それ」

また、虚数だ。僕はだいぶ前の佐藤との他愛ない会話の内容を思い出した。

「だから、私たちが今普通に生きてる時間は、数えられる、実時間。それとは別の虚時間っていうのがあって、その時間が世界の最初には流れてたんだって、この本に」

「なんか壮大な話だな」

その本を二人で一緒に立ち読みした。

虚数の時間というのには、始まりも終わりもなく、過去や未来の区別もないらしい。その説によれば、そうした虚時間から、あるとき派生して生まれたのが、僕たちが今生きている宇宙らしい。

虚数という、想像上の数で表現する、時間。

「宇宙の始まりだけじゃなく、虚時間が私たちの今の世界にも本当に流れてて、そこで生きられたらいいのにね」

「なんで？」

「そしたら、死んだ吉野さんにも会いに行けそうじゃない？」

そう言われて、やっぱりなんだか、壮大な話だな、と思った。一方通行に流れる現実の時間を、僕たちは生きている。

もっと自由に時間を生きられたら、きっとこんな風に死んだ人について、悩んだり苦しんだりすることもなくなるのかもしれない。そんなバカなことを少し思った。

真白と二人での地獄めぐりみたいな恋愛修行も佳境だった。

二人で祇園祭に行くことになった。まだクーラーは直ってない。いつ直るんだよ、とうんざりした気分になる。

「人、多いね」

僕は好きなバンドのTシャツにジーンズだったけど、真白は浴衣(ゆかた)を着てきていた。妙に高そうな浴衣なのに、堂々と歩いているので、やっぱり真白の家族はお金持ちなんだろうな、と思う。

「私、祇園祭って初めて来たかも」

僕は家族と来たことが昔あった。でも、中学以降は来た記憶がない。そんな暇があったら、吉野と小説を書いてた気がする。

ちょっと信じられない人混み、人いきれだった。疲労がどっと増すが、気後れしてる場合じゃない。

電話も繋がりにくいし、はぐれたら最後、落ち合うのは難しそうだ。

自然と、どちらからともなく、手を繋ぐ感じになった。

「男の子と手を繋ぐのも初めて」

振り返ると、真白の顔が少し赤くなっていた。

「どう、今の、恋愛っぽかった？」

「どうだろ」

出店の立ち並ぶ境内（けいだい）を歩いて、なんか買うことにした。

「チョコバナナ？」

「いかせんべい」

「りんご飴（あめ）？」

「キャベツ焼き」

結局たこ焼きを買うことにした。

「兄ちゃん、綺麗な彼女やね」

スキンヘッドの店の人がたこ焼きを渡しながら言ってきた。

「あー、そんなんじゃないんで」

「えらい冷たいな」

たこ焼きを買って二人で適当なところに座って食べた。真白は猫舌らしく、何度も息をふーふーと吹きかけていた。

「なんでさっきの人、冷たいって言ったの？」

わかんない、という顔で真白が聞いてきた。

「多分だけど」

僕は考えながら答えた。

「君が僕のことを好きで、それをいいことに体の関係はあるけれど、正式に恋人として交際はしてない二人、に見えたのかもな」

「何それ。いろんなパターンがあるんだね」

真白は、あつっ、とこぼしながら、たこ焼きを、かなりゆっくり咀嚼した。「私思うんだけどさ」食べながら、ちょっとボケたみたいに夜空を見上げた。

「ちゃんともっと未来になって、マザーコンピューターが恋愛のマッチングしてくれたらいいと思わない？　いろんなパラメーターから判断して、最適化してさ。そしたら、あぶれる人もいなくなると思う。だってさ、今じゃ恋愛って、誰かを選ぶことだし、それはつまり誰かを選ばないことでもあるし、だとしたら選ばれない人も出てくるから苦しいし、全部そのへんを人工知能に任せたらどうかと思うんだけど、どう？」

そこまで一気に喋って、彼女は水を飲んだ。

「でもパラメーターは変動するし、つまり人は変わるし、かつて最適だった人が、最適じゃなくなる可能性もあるよ」

「そしたら、別れなさい、って、決めてくれるんだよ。それに私たちは従うわけ」

「納得できる？」

「できない」

真白はたこ焼きを取り出して、僕の口に差し出した。「何？」「いや、あれ？」「アーン、的な」「ん」仕方なく口に頬張る。

「もし恋愛しても、いつか好きだった人のことを好きじゃなくなって、でもその愛の残滓（ざんし）に浸りながら、ずっと一緒にいるものなのかな」

「それも辛い気がするけど」

「そうなったら、いっそさよならするのとどっちが辛いのかな」

「わからない。恋愛したことないから」

わかんないよね、と真白は相槌を打って立ち上がった。手のひらを広げて、僕に差し出す。

「なんだよ」

「手」

「もう、繋がなくていいと思うけど」

八坂(やさか)神社に来るまでの道は人混みがすごかったけど、さすがに中に入ったら、そこまで混雑は酷くなかった。

「……その方が恋愛ごっこって感じするでしょう」

無言で真白を見た。「何よ」そのまま、手を取って、人ごみの中を進んだ。

「言っとくけど、ごっこだからね」

「わかってるよ」

人の姿は徐々にまばらになっていった。

「わー、見て。綺麗だね」

なんてことのない。金魚すくいだった。

しゃがみ込んで、二人で金魚をすくった。真白は案外うまくて、次々ポイで金魚をすくった。持って帰りますか、と出店の人に聞かれていた。ちょっと悩んで、「死んじゃうからいいや」諦めて、金魚を元に戻していた。

「お祭りってさ、毎年やるから嫌だよね」

「よくわかんないけど」

「来年のこの時期になったら、きっと今のこと思い出すから」

「その理屈で言ったら、夏休みも嫌？」

「嫌だよ」

真白が何を思い出すのか、聞かなくてもわかった。

僕も毎年、思い出すからだ。

「なんか、不思議な感じだね」

次に行った水風船すくいでゲットした水風船を真白はぶらぶらさせながら言った。

「ついこないだまで、見ず知らずの他人だったのにね」

「今はどんな関係？」

真白はうーんと唸って考えて結局何も言わなかった。

「夏休み明けて二学期始まったら、この関係は解消ね。だからそれまでに、染井くん、小説書いて」

　それに何の意味があるのかわからなかったけど、僕は肯定も否定もせずに曖昧に聞き流した。

「期間限定の方が割り切ってさ、恋人のふりできそう」

「しなくていいよ」

「私のこと好きになってもいいよ」

「ふざけてる」

「そしたら、こっぴどく振ってあげるから。だいたい、失恋でもしてみた方がいい恋愛小説が書けそうじゃない？　ダンテもゲーテもそうでしょ」

　急に、暗い気持ちになった。

　僕にはよくあることだった。

「小説、書きたくない」

「染井くん」

　真白が、僕の肩を片側だけつかんだ。

「冷静に考えて。染井くん、勉強できるの？」

「それなりにできない」

「私、知ってるよ。全然真面目に勉強してないし中間の成績だってほとんどビリだったでしょう。真面目そうな顔してるのに、全然でしょ」

「そうだな」

「運動もできないよね？　部活も何もしてないし」

「うん」

「友達も少ないし、おしゃべりがうまいわけでもないし。性格も、強いて言えば嫌な奴でしょう」

散々な言われようだった。

「小説書かない染井くんって、多分、控えめに言ってただのクズだよ」

「いいんだよ、ただのクズで。それに、小説書いてたって、クズはクズだろ」

境内にいる人間全部を指さして、真白は言った。

「ここにいるみんな、あっと言わせて」

「小説なんかで世の中変わるわけない」

「私は、変わったよ」

真白は、暗い、笑い方で笑って、僕を見た。

「吉野さんの小説で、私の世界は、変わった」

「……うん」

「染井くんも、多分、変わったでしょう」

何か変わったんだろうか。自分の人生が、吉野の小説から、影響を受けてるんだろうか。わからない。

「帰ろっか」

しばらくして、その微妙に気まずい雰囲気に耐えられなくなったように、真白の方が先に言った。

僕たちは駅まで歩いて、地下鉄に乗って帰った。

▼うち、別荘あるんだよね

乗り換え駅の烏丸御池(からすまおいけ)で別れたあとに、メールが届いた。

▼いつもは、家族で一緒に行くんだけど

別荘なんて、やっぱり真白は随分金持ちなんだな、と思う。

▼一緒に行かない?

▽いいよ

ここ最近、真白と二人で過ごす時間が増えたことで、人といることに慣れてしまっていた。誰かといるのは、一人で孤独を深めるより楽なことだった。

3i

真白の別荘は嵐山（あらしやま）にあった。

そもそも今どき別荘なんて持ってる時点でお金持ちであるには違いないのだけど、京都に住んでるのに京都に別荘持ってるなんてどういうことだろう。不思議に思って聞くと、真白の家族は何個も別荘を持っているらしい。伊豆と軽井沢にもあって、今回、家族は軽井沢に行ったのを、真白だけ嵐山の別荘に行く、と言い張った。

「もちろん、女の子の友達と一緒に行くって言ったけど」

路面電車に乗って三十分もしないで嵐山にたどり着く。そこからはタクシーじゃないと行けないらしい。

「周り何もないからさ」

飲食店もないらしいので、コンビニで食料を買い込んでいくことにした。

二泊三日する話になってて、その分の食事を全部コンビニで済ませようとすると、けっこう買い込むことになった。

「なんか楽しいね」

真白は次々と食料をカゴに放り込んでいった。

「そもそも僕、コンビニでカゴ使うの自体、初めてだよ」

「そう？　私はわりと使うけど」

プリン、桃ゼリー、チョコレート、ポテトチップス。

「お菓子の割合多すぎない？」

「テンション上げてくれる魔法の食べ物だよ」

よくわかんないこと言いながら、真白は食べ物を放り込んでいった。僕は弁当にカロリーメイト、カップ焼きそばをいくつかつかんで自分のカゴの中に放り込んだ。カゴ二つを同時に会計する。袋詰めする店員さんも三人がかりで大変そうで、ちょっと申し訳ない気持ちになった。

「わ、八千円。こんなに長いレシート、初めて」

それからタクシーに乗って二人で別荘へ。山の上にあるらしく、タクシーはくねくねとカーブを曲がりながら山を登っていく。

「お客さん、お若く見えますけど。高校生？」

私服だけど、たしかにこんな年齢でタクシーを長時間利用する人間も少し珍しいんだろう。

「私たち、駆け落ちなんです」

真白がふざけて言った。運転手さんはちょっと笑いながら、そうなんですね、と愛想よく返事した。

「人生から逃げてきたんです」

その会話に参加する気にもなれなくて、目を閉じた。

ずっしり重いレジ袋を二人で持って、タクシーから降りた。

真白家の別荘は、けっこう古く見えた。ログハウス風の家だった。

真白が鍵を開けて中に入る。電気がついてないので、当然薄暗い。

「まず、掃除しなきゃだね」

僕の目には片付いてるように見えたけど、真白に従うことにした。

「映画だと、こういうコテージにゾンビが襲(おそ)ってくるんだよ」

雑巾(ぞうきん)を絞って、寺で修行中の僧侶みたいな姿勢で床を拭く。

ふと掃除やる気がなくなって、僕は白目をむいた。そのまま、ゆらり、と彼女に近づく。

「何それ？　ゾンビのふり？　染井くんって意外とアホなとこあるね」

そう言われてちょっと傷ついたけど、引っ込みがつかなくなって、そのまま彼女に迫った。

「ちょっと待って。嫌だ。こっちに来ないで！」

突然、彼女の顔が恐怖に歪(ゆが)んで、声も黄色くなった。

「怖がりすぎだよ」

ゾンビから人間に戻って僕が言うと「違う」と彼女が言った。

「蜘蛛(くも)。でかいの。染井くんの後ろ」

「ああ、じゃあ僕は玄関掃除してくるから」

「待って」

真白は僕のポロシャツの裾をつかんだ。

慌てて振り払おうとすると、真白は何かを察したような顔つきになった。

「もしかして、染井くん、蜘蛛、怖い？」

「……別にそんなこと」

「最低。信じられない。男なのに」

「男女平等社会の実現を目指してる。男らしさを押し付けられない社会が理想」

「はい」

どこから取り出したのか、魔法みたいに真白は丸めた新聞紙を取り出して僕にパスした。

見ると、目の前に、巨大な蜘蛛がいた。手のひらより大きかった。

僕は覚悟を決めた。

そんなアクシデントはありつつ、二時間くらいかかってざっと掃除を終えて、すっかり疲れた僕たちはとりあえず休憩することにした。エアコンをガンガンにつける。

見ると、比較的新しい。

「一昨年(おととし)、壊れたから新しいの買ったんだよね」

やっぱりエアコンというのはよく壊れるものであるらしい。古いエアコンじゃなくてよかった。いつ壊れるかビクビクしながら過ごさなきゃいけない。あれはけっこう地獄だった。

「にしても真白の家金持ちだよな。両親何してんの？」

「代々全員医者？」

「じゃあ真白も？」

「私はいいよ。人生投げてるし」

　言いながら真白は指先でチョコレートの包装紙を小さく固く丸めて、それをゴミ箱に向けておはじきみたいに弾いて飛ばしたけど、ふちに弾かれて床に転がった。それを拾ってゴミ箱に捨て直す。

「将来何になるの？」

「わかんないよそんなの。今生きるのすら、精一杯なのにさ」

　冷蔵庫は大きくて古かったけど、プラグをさすと普通に動いていた。数時間前から動き出した冷蔵庫の中に、手をさし入れる。「冷えてきたな」買ってきた飲み物を入れてく。冷凍庫の製氷機を洗って、水を溜めて、中に入れた。

「でもこんな山奥に来ても、あんまりすることないね」

　たしかに、スマホで地図見ても、あたりに何もなかった。本当にコンビニもないし、飲食店もない。あと、どうでもいいけど、電池残量が３％だった。

「あ、そうだ、なんか物置にあった気がする」

　真白は持って来たビーチサンダルに履き替えて、外に出た。

「充電器ある？」

「リュックの中！　勝手に開けて！」

　中を開けたら、妙に大量の錠剤が入ってる袋が見えた。吉野が飲んでたのと、同じクスリだった。見て見ぬふりをして、充電器を取り出す。コンセントにさした。

「どっち？」

振り返ると、真白がいた。

手には、卓球とバドミントンのラケットがそれぞれ握られていた。

「ちょっと楽しいかも」

バドミントンの羽根が宙を舞う。見上げると、木の葉が揺れていた。

「染井くんは？」

「別に普通だよ」

真白はバドミントンがうまいみたいで、こっちがいくら強く打っても、何度も的確に打ち返してきた。

別荘は山の上にあって、比較的涼しい。

「なんかさ、染井くんが小説家になって、成功して」

「無理だね」

「そしたら私を秘書にしてよ。毎日お茶汲んであげるよ」

「小説家なんて仕事、もしなれても、人を雇えるほど儲からないよ」

他に仕事を持ちながら兼業で小説を書いてる人だって、大勢いる世界なのだ。

「ちっさいこと言ってないでよ。夢は大きく、どかんと印税生活」

「別に金のために小説書くわけじゃないから」

「じゃあ、染井くんは何のために小説を書くの？」

羽根がひらひらと舞いながら浮かび、やがてこちらに向かって落ちてくる。それまでの一瞬、僕は真面目に考えた。

「自分以外の誰かのためだよ」

すっとそんな言葉が、口をついて出た。

小説は、頭の中にあるときが、一番美しいと思う。

それを言葉にして、長い小説にすればするほど、書いている間、うんざりした気分になる。どうしてこんなに、思ってるのと違う小説になるんだろう。自分の才能の無さに嫌気がさして、すぐ、投げ出したくなる。

それでも小説を書くのは、多分、その自分の中にある何かを、自分以外の誰かに伝えたいからなのかもしれない。

「真白のため」

ぱしん、と羽根を叩く。まっすぐに飛んでいく。すぐに真白がはじき返してくる。

それをもう一度叩く。

「吉野のため」

自分に向かって飛んで来た羽根を、真白は左手でつかんだ。

「書いてよ、小説」

「……うん」

バドミントンが終わって、僕たちはあたりを散歩した。嵐山の山の中を二人で歩いた。誰もいなくて、あたりは静かで、そのうちに空も暗くなって、互いの姿以外何も見えなくなっていく。

「小説でよく、森に入ってくシーンってあるよね」

真白がふっと何かを思い出すように言った。

「あれは無意識を象徴してるんだよ」

「無意識？」

「つまり、普段、僕たちの頭に浮かぶ意識以外に、何か得体の知れないものが、その無意識ってとこに封印されてるわけ」

山の空気を吸いながら二人で淡々と土を踏んだ。

「無意識の中には何が潜んでるの？」

「普段、抑圧されてるもの」

「例えば？」

「本当にかけがえのない大切な人に対して、失敗すればいいのに、死ねばいいのに、と思ったりする感情とかだよ」

「他には？」

「そう思う自分なんか死んでしまえばいいのに、っていう気持ちとか」

「他には？」

「性欲とか？」

「そんな感情、いらない、って考え方は？」

しばらく考えて、僕は答えた。

「でもそういう悪意みたいなものも含めて人間の心だから。そういうわけのわからない混沌（こんとん）としたものと向き合って生きていかないと、いつか心のバランスを崩すよ」

「もし道に迷ってたらどうする？」

ふっと、真白が不安そうな声をあげて僕に聞いた。

「そしたら森で暮らすしかないね」

それもいいかもな、と想像した。昔テレビで見たことがある、ヒッピーの外国人が、トレーラーハウスを森に持ち込んで、そこでずっと暮らしていた。

「でもトイレもないし風呂もないよ」

「あ、じゃあやっぱ無理だ」

真白は速攻で諦めていた。

「だいたい真白、オーガニックな生活とかなんだか向いてなさそう」

「失礼なこと言わないでよ」

そのまましばらく僕たち、無言で森を歩いた。どこかで虫が鳴く音がしていた。

やがて歩き疲れてきたけど、二人で座り込めるようなちょうどいいベンチみたいなものがあるわけもなくて、ただ歩き続けるしかなかった。

「私の無意識は何だと思う?」

薄暗い夜の空、土の匂い、木々の揺れる音を感じながら、僕は考えた。考えたけど、さっぱり見当もつかなかった。かわりに、自分の心の中を探った。すると一つ、思い当たるようなことがあった。

「私は人を殺したのかもしれない」

僕はそれを言った。

真白は何も言わずに、僕の数歩先を歩いた。

自分と真白の無意識が、重なって、歩いているみたいな夜だった。

散歩から帰って、二人でコンビニで買ったものを食べながら、ぼんやりと過ごした。部屋の電気はつけなかった。蛍光灯は、そのときの僕たちの雰囲気にとって、なんだか、うるさすぎるように思えたからだ。

「お菓子だけ食べて生きていけないかな」

真白のその日の夕食は、プリンにアイス、クッキーにチョコレート。でもなんとなく、普段の真白がそういう食生活を送っているようには見えなかった。むしろ、何かの反動みたいに。すごく貴重なご馳走を食べるように、嬉しそうに真白は、そんなジャンクなお菓子を食べた。

「お菓子職人になれば？」

「それだ」

全てを食べ終えた真白は一つ欠伸をして、テーブルに上半身をもたれさせた。

「最近全然眠れないんだけど」

「僕もそうだよ」

「一人より、二人の方が眠れそうな気がして」

「でもそれって何故だろうね？　横に誰かいたら、寝返りも物音もして、何より、誰か人格を持った人間がすぐ横にいるって存在感でむしろ、眠れなくなりそうなもんだけど」

「多分、何もない無に、人間は耐えられないようにできてるんだよ」

真白の言うことが、わからないわけではなかった。

「だって子供のときって、今より、一人で寝るのがすごく怖かったよ」

「なんで？」

僕が何も考えないでただ反射的にそう聞くと、真白は少し考えるように間を置いてから、返事をした。

「多分、眠るっていうことが、死に近づいていくことのように感じられるからじゃない？　だって寝てるときって、何も感じられないからさ。仮死状態みたいな」

「つまり僕たちは毎日小さく軽く死んでるんだ」

それから、寝室に布団を並べた。二人並んで布団にうつ伏せになって、吉野のノートパソコンを開いた。二人で彼女の小説をめくった。

「吉野さんの小説がなかったら、私、今、生きてないよ」

横顔をそっと見た。教室にいるときと、まるで違った。生き生きとして、血が顔に通ってる、それがわかるようだった。

「吉野さんは最初、どうして小説を書こうと思ったんだろうね」

「聞いたことあるけど」

話していいか迷ったけど、もう、真白にならば、話していいような気がした。

「自分が、他人とは、あまりにも違う、って感覚あるだろ」

「うん。わかる気がする」

自分の気持ちなんか誰とも共有できない、そんな気持ちは、でも誰にでもある。

「吉野は、耐えられなかったらしいよ」

「私もたまに耐えられない」

「でも、小説って、自分のことを書いてても、赤の他人の誰かのことを書いてるような気持ちになれるときがある。それが理由じゃないか？」

「それだけ？」

「あとは多分、人生には意味がないから」

手のひらを開いて、天井に伸ばした。何かつかもうとするように、手のひらを閉じる。でも何の感触もない。

「人生の意味のなさをただ受け入れて生きるには、人生は長すぎるよ」

虚構なしに生きるには、人生は無意味すぎる。殺伐としすぎてる。何かの嘘が必要だ。

「天国はないの？」

「ないよ。地獄もないし煉獄(れんごく)もない」

「誰もが無に帰るだけ？」

「僕も君も」

「吉野さんも無になった？」

「そして作品だけが残る」

それもいずれは消えるけど。そう思うと、小説を書くなんて、やっぱり、ものすごく虚しい行為なんじゃないか、そう思った。

電気を消した夜の室内で、ただ、吉野の小説だけがノートパソコンの中で光っていた。まるで吉野に見られてるみたいだった。

「眠れないときって何してる？」

「昔は小説読んだり、書いたりしてた」

「今は？」

「……吉野のこと思い出してる」

「私も」

「そろそろ寝ようよ」

僕は布団を頭まで被って目を閉じた。

しばらくして、横で気配があった。

「手、繋いで」

少しためらってから、僕は結局、彼女の方に手を伸ばした。

「それ、手じゃないから」

「ごめん、見えなくて」

「これが、手」

冷たい手が、僕の手をつかんだ。

「祇園祭のとき」

「うん」

「繋ぎたかった。心細くて」

冷えた手を、握り返した。

「眠りたくないよ」

そのままずっと二人で手を繋いでた。

そのうち、彼女の喉から、嗚咽が漏れるのが聞こえてきた。

僕は目を開けて、彼女を見た。

彼女は、上半身だけ起こした姿勢で、僕を見ていた。

「なんかさ」

どうしていいかわからなかった。

「辛いよ」

真白の赤い目を、僕はまっすぐ見た。

「心からずっと、血が流れてるみたいにひりひりするんだ」

手を繋いだまま、起き上がって、彼女にそっと近寄った。そのままじっと彼女を見た。

「真白」

言いかけて、何も言えなかった。

肝心なときに、言葉が出てこない。思えばいつもそうだった気がする。吉野といたときもそうだった気がする。言わなくていいことはいくらでも言えるのに、大切な言葉を、口にすることができない。

「抱き寄せてみて」

耳元で、真白がささやくように言った。

「そしたら落ち着くかも」

言われた通りにした。腕を伸ばす。背中を抱えるように、彼女を抱いた。お互いに、無言だった。

「全然落ち着かない」

真白の心臓の音が、聞こえる気がした。その音の速さが、増していく。

「大丈夫」

言葉を探した。正解を探そうとした。適切な言葉を選ぼうとした。でもそんなのは無理だった。

「僕も一緒に辛いから」

だからかわりに、自分の気持ちを吐き出した。

「……染井くん、泣いてる？」

「そんなわけないだろ」

どうだろう、本当は、自分ではよくわからなかった。

「私のこと、好きって言ってみてよ」

僕は何も答えなかった。

「ね。今、キスしたら、何か変わると思う?」

葛藤(かっとう)しかなかった。

そんなの、結局、嘘じゃないか。そうも思った。

「わからなくてもいいよ」

少し体を離すと、目の前に真白の顔があった。

目を閉じた。

そうして僕たちは、キスをした。

朝、先に目が覚めて、真白の寝顔がすぐ横にあった。

服を着て、帰る準備をした。吉野のノートパソコンを、自分のリュックに入れる。

随分酷い言い草だけど、孤独になりたかった。

先に帰ります　また、連絡します

でも、しばらく連絡しないで

書き置きをして、別荘を出た。

一人になりたかった。

家に帰った。いつの間にか新しくなっていたエアコンのスイッチを入れて、カーテンを閉める。

それから、吉野のパソコンを開いた。

電気の消えた、昼なのに夜みたいに真っ暗な部屋のなかで、思った。

こうじゃないといけないいんだ僕は。

これが僕の人生なんだ。

深く息を吸い込んで、吐き出す。

少し怖くなって祈る。

僕の信じる僕の才能が消えていませんようにに。どうか。

僕の生きる意味が、まだ残っていますように。

何度も読み返してきた、吉野の書きかけの小説を、もう一度読み返した。

ℂ

それは僕の知らない吉野の姿だった。

吉野の小説を読み進める。

僕との日々と、真白との日々が、交互に描かれていく。

あのとき、僕といたとき、吉野はこんなことを考えていたのか、と思ったりした。

それは、もちろん、当然のように、僕の記憶と細部が違っていることもあった。いくら現実を参照していたって、書くことは、本質的に、嘘をつくことだ。ありのままの現実を写し取ることはできない。過去や現実は、言葉でできているわけではないから、それを言葉に置き換えた時点で、どんなにリアルなことも、それは全て嘘になる。だから、本当の意味では、ありのままの現実を文章にすることなんてできない。

吉野の小説は、細かく幾つものバージョンにわかれている。

第一稿の最後に、吉野は、短くコメントを書き残していた。

実のところ、その内容に、あまり変化はない。

このままじゃ駄目だ。

第二稿、第三稿、と小説は手直しがされていく。

最初の段階では、この小説は、どこか無機質で抽象的で、人間味のない文章で書かれていた。その小説が、いつしか、不思議な暖かみを帯びていく。

吉野の新境地だった。

それは稚拙（ちせつ）な小説だった。

小説上の技巧はそぎ落とされ、どんどんシンプルに、素朴になっていく。そして、現実が描かれていく。

最初、僕はそれを、吉野は現実に敗北したんじゃないのか？　と思った。でも、徐々に、いや、そうじゃない、と思うようになっていった。

吉野が何を目指していたのか、僕には、わかった。

それは例えるなら、あの純粋な虚数と、現実の数が混じり合う、複素数のような世界だったんじゃないかと思う。

*

私には、人を愛するということがわからない。

だから、そのせいで、人を常に傷つけて生きてきた。

家族も友人も、皆、私に接するとき、悲しそうな顔をしている。

*

吉野の人生に、何かわかりやすい不幸があったわけではない。そのせいで人を愛せなくなったとしたら。彼女はきっと、救われていたんだと思う。

でも彼女は違った。

理由もなくただ自然に、人を愛することができなくて、だから彼女は愛の言葉を、自分の声で語ることができなかった。

だからかわりに、他の誰かの言葉を使って、借り物の言葉で、愛を書こうとした。

吉野が描こうとしていたこと。

それが、僕にはわかるような気がした。

吉野の小説は、あるところでプツリと途切れている。それも当然で、これは彼女の書きかけの小説だったからだ。何度書き直しても、彼女は、その結論にずっと迷っていた。

僕は吉野の小説を読み進めていった。

吉野の気持ちが、何を考えていたかが、今までで一番よくわかる気がした。

彼女がそれまで書いた他の小説や、現実の彼女と接しているときよりも。その小説を読んでいるときの方が、彼女のことを、百倍、千倍、理解できる気がした。

彼女は、「現実」に屈したわけではないと僕は思う。

彼女がその小説に込めようとした愛は、異性愛や、家族愛とは、別の愛だった。

それは、フィクションに対する愛だ。

そしてその愛を通して、彼女はアクロバティックに、人を愛そうとしていたのだと思う。嘘を通して。

人ではなく小説を愛した彼女は、その愛を、小説を通して、全てに向けようと考えていたのかもしれない。小説を突き詰めれば、きっと、あんなに憎い「人」や「現実」ですらも愛せる。現実や人間らしさを憎み、書くという孤独な作業の中に自分を追い込んでいった彼女は、それでもきっとその真実に触れていたはずだ。

僕は昼もなく夜もなく、ずっと家に引きこもって、吉野の小説を読み続けた。時間や曜日の感覚も、徐々に失われていく。自分の人生を生きているのか、吉野の小説の世界の中を生きているのか、自分でもよくわからなくなるくらいに。おかしくなったように、僕は吉野の小説を何度も、繰り返し読んだ。

吉野が、自分の中に流れ込んでくるようだった。

そして、何度も読むうちに、僕の中に、不思議な感覚が広がっていった。

この続きを、読みたかった。

途中で、中途半端なところで終わってしまった吉野の小説を、ちゃんと最後まで読みたかった。

こんな風に未完成で投げ出された小説のことが、かわいそうでならなかった。

気がついたら、指が動き始めていた。

＊

吉野が生きていたら、どんな風にこの話は続いたんだろう？

吉野が生きていたら、どんな小説を書いただろう？

君がもし生きていたら。

もし、吉野があの日、あのとき、死んでなかったら。

そんな世界が、もしあったら。

この世界とは別のどこかに、もう一つの世界があって、そこで吉野が生きていたとしたら。

吉野が生きている世界のことを、僕は書こうと思った。

多分僕は、そのとき、生まれて初めて、心の底から、小説を書きたい、と思ったのだと思う。

今はただ、小説を書きたかった。

くだらないことなんかどうでもよかった。

例えば、自分に才能があるかどうかとか。

プロの小説家になれるかとか。

そんなことは、心の底からどうでもいいことだと思った。

ただ、この吉野の小説を、僕はここで終わらせたくなかった。

僕は想像した。吉野の小説の続きを。

吉野は高校生活を続けていただろう。真白と僕を会わせる。三人でどこかに遊びに行く。吉野はきっと、それでも、僕たちの気持ちなんか本当はわからなかったかもしれない。

でも僕は、せめて、小説の中でだけは、吉野を救いたかった。

自分が彼女とシンクロしていく。

自分が彼女になっていく。

混ざり合って溶けていく。

彼女の気持ちが痛いほどよくわかった。

僕は小説を書くことを通じて、吉野と会話してるような、そんな不思議な気持ちになっていった。


夜、眠れない夜、吉野が生きてた頃、たまにメールじゃなくて、電話をすることがあった。それはいつも、メールで「眠れてる？」「眠れてない」なんて話から始まった。いくら話しても、僕たちの眠れない理由はよくわからなかったけど、他愛ない話をした。

自分はどういう人間だとか、話せば話すほど、むしろ心は離れてく気がするのに、それでも話した。

寝巻きに着替えて、電気を消してベッドに寝転んで、目を閉じて、僕は話した。聞くと、吉野も、同じような体勢で電話をしていることが多かった。

何も見えない真っ暗闇の中では、いくらでも想像を広げられた。

「想像してみて」

吉野は催眠術でもかけるみたいな調子で僕に言った。

「私たち、今、夜の海辺で話してる」

だから僕たちは例えば、どこか、誰もいない夜の砂浜に座って、月の光だけを浴びながら、二人で親密に話をすることができた。

「あのさ、染井くん」

「やっと、会えた」

見渡す限り夜の空と海で、僕たちの他には、誰もいなかった。波の音だけが、響いている。その夜の波が足元の砂を、削るように引き取っていく。最終電車の終着駅みたいに、人の気配のない、寂しい海だった。

「先に死ぬなんてずるいぜ」

「ごめんね」

もう一度、もし、吉野に会ったら。何を言ってやろう。ずっと考えていたけど、やっぱり、そういう、自分の中のぐちゃぐちゃした考えを、ぶつける気になれなかった。

「小説は今でも好き？」

「わかんないけど」

もう、小説を書き始めてから、どれくらい時間が経ったのか、僕も全然覚えてなかった。

「よく考えたら、他に好きなものがない」

「うん」

諦めて、マトモな大人になるなんて、僕には結局、できそうにない。

「いつかまた、僕も小説が書けなくなって、吉野みたいになるかな」

「大丈夫」

吉野が腕を伸ばして、僕の手を取った。

「私がついてる」

吉野はいない。でも、今でも、吉野の小説を読むことはできる。きっと、そういうことなんだろうと思う。

「小説を書けば、こうやって、君に会える」

こんな光景は、現実にはない。

現実では、死んだ人間と会うことはできない。

小説の中でだけ、吉野と会えた。

「永遠に、二人で一緒にいたいよ」

僕のその言葉に、吉野は何も答えなかった。

昔、話したことがある。理想の死に方について。吉野は、誰にも看取(みと)られたくない、と言っていた。一人で、死にたい。だからきっと、彼女は、僕とも、誰とも、永遠になんて一緒にいたくはないんだろうと思う。

「私、小説が好き。生きられなかった、幾つもの人生の可能性が、愛おしい」

わかる気がした。人間は、現実に閉じ込められている限り、ずっと目の前の生をただ生きるしかない。もし宇宙飛行士だったら、宇宙人に生まれてたら。こんな人生じゃなかったら。そんな可能性を、小説は生きさせてくれる。

「もし生まれ変わったらさ」

人間は生まれ変わらないよ、なんて言えなかった。

輪廻転生なんて誰が最初に考えたのか知らないけど、そんなことがもしあったら、そう考えることで、救われることもある。死後の世界もそれと同じだと僕は思う。目の前の現実の他に、どこかに、素晴らしい世界があったら。僕と吉野が今いる、ここみたいに。

「私、普通の女の子になれたかな」

吉野は僕と手を繋いだまま、悲しそうな目で言った。

「普通の女の子にならなくていいよ」

咄嗟に口をついて出た。そんなこと言わないでくれ。自分のことをおかしいって、思う必要なんて、ないんだよ。

「なってもいいけど」

吉野は海に向かって石を投げた。授賞式のあの夜とは違って、今度は石は、ちゃんとなんども跳ねて、どこまでも跳ねて、沈まずに、水平線に吸い込まれるように消えていった。

「そしたら私たち、もっと違ったかな」

「うん」

「想像しといてよ」

「もう何度もしたよ」

二人で立ち上がり、砂浜から遠ざかるように歩き出すと、やがて走馬灯（そうまとう）のように視界が流れて、いつか背景は、僕たちが一緒にいたことのある、過去の記憶になっていった。

最初にたどり着いたのは、初めて会った日、光の粒子がきらめいていた、あの文芸部の部室。

「僕の第一印象は？」

「変な奴」

軽く、吉野の頭を小突く。

吉野の受賞がわかった夜。水銀灯の光が、吉野の顔を、青白く照らしていた夜。

「あのとき、素直に喜べなくてごめん」

「いいよ。わかってたから」

「でも今なら、まっすぐ、吉野が小説家になったことを喜べる気がする」

授賞式、カメラの、大量のフラッシュの光が明滅して、吉野のつまらなさそうな顔をライトアップしていた。

「私、情けない顔してるね」

「でも綺麗だったよ」

僕が言うと、彼女は少し照れたような顔になった。

「ありがと」

『love less letter』。吉野の小説の世界、並行世界から届いた手紙を読む男。

「僕にも届いたんだよ。真白の嘘だったけど」

吉野がスランプになった夜。彼女の家までの道の水たまりに、鈍い光が落ちていた。

「あのとき借りた服、結局返してないね」

それから、電車の中。桜の色に似た日の光が、高校の制服に初めて袖を通した吉野の顔を照らしていた。

「電車って、何かしら象徴してるよね」

高校行ってから、僕たちが会うのは基本、この中でだった。

「何を象徴してるんだ？」

「時の流れかな？　じっとしてても、眠ってても、何もしてなくても、容赦なく時間は流れてく」

吉野の部屋、二人でキスをした。カーテンの隙間から差し込む光の、その不穏なトーンを、今も覚えてる。

「最後までしちゃえばよかった？」

「心にもないこと言うなよ」

「でも私、染井くんのこと、嫌いだったわけじゃないんだよ。それは、私の小説読んだら、わかったでしょ」

「うん」

吉野が文芸部の部室で僕の小説を投げる。その小説のページが、夕暮れに照らされて光っていた。

「私、染井くんにひどいこといっぱいしたね」

「どっちもどっちだよ」

納涼古本市のシーン。刺すような白い光が僕だけを照らしていた。

「でも、一緒に行きたかったね」

それから歩いていくと、やがて、そうしたたくさんの光が輝いて、僕たち二人を包み込んでいった。その光は明るすぎて、もう、何も見えなかった。

「これで全部。やっぱり、人生なんて案外、大したもんじゃないね」

これでもう終わりか、と思うと、少し、やり切れない気持ちになった。

「これからも、小説、書いてよ」

吉野が言う。

「書くよ」

僕は答えた。

周囲の風景は消え失せていた。世界は真っ白で、誰もいない。雪の降り積もった地面みたいに、何も書いてない白い紙のように。

そこには、僕と吉野しかいない。

この世には存在しないどこかだった。

「ごめんね、染井くん」

この小説を書き終えたとき。

きっと僕は、吉野とお別れをしないといけないんだろう。

吉野は僕の頭の中から、消えてしまう。

今までのように、ありありと思い出すことは、なくなっていく。

書くとは、何かを残すために行うことだ。でも同時に、それを書き残すことで、失ってしまうものがある。吉野も、僕も、書くことできっと、たくさんのことを失って生きてきたんだと思う。

「お前は、何を謝ってるんだよ」

僕は苦笑しながら吉野に言う。

「染井くんのことが、好きじゃなくて。ごめん」

そう言って、吉野が笑った。今まで現実に見たこともないような、顔で。

「謝るようなことじゃないだろ。だって……しょうがないじゃないか」

別に、人間を愛せなくたって、いいんだ。

そんなことで、吉野が傷つく必要なんて、ないんだ。

白い光景はどこまでも続いている。

「もうそろそろ、この小説も終わるんじゃない？」

吉野は相変わらずの鋭(するど)さで、僕に言う。

「うん。終わる」

僕は隠さずに言った。

「じゃあ、お別れだね」

待てよ。待ってくれよ。僕は言いそうになる。でも、その感傷的な言葉を、僕は必死で飲み込む。

本当は、いつまでもこの小説を書いていたかった。

そして、吉野とずっと話していたかった。

永遠に。

でも。

「いつか人の生が終わるように、小説も終わらないといけないから」

「そうだね」

吉野は僕の言葉に、小さく頷いた。

「さよなら」

吉野が、歩き出した。

「あのさ、吉野」

声が震えた。吉野が不思議そうな顔で僕を振り返った。

「それでも、僕は……君のことが」

そこから先、何も出てこなかった。壊れたみたいに唇が動かない。

冷や汗が出た。

自嘲するように、一つ笑う。

歯を食いしばる。

顔を歪めて。

力を込めて。

かわりに、ずっと君に言いたかったことを叫んだ。

「僕も小説を愛してる」

そして吉野は、微笑んだ。

何かを、許そうとするように。

「染井くん」

びっくりして、僕は吉野を見た。

「私の先に進んでね」

手のひらでメガホンを作って吉野は、叫んだ。

「染井くんなら書けるよ」

なんの根拠もなく、吉野は言った。でもきっと、信じるって、そういうことなんだろうと思う。

「ありがとう」

僕はただ必死で歩き始めた。

小説を書く。そのことで僕は人を傷つけていく。

新しい小説が生まれ、読まれるそのかたわらで、消えていく小説がある。その分だけ、読まれなくなっていく小説がある。それはもしかしたら、僕や、吉野の小説もそうなのかもしれない。

それでも、僕は、いいと思う。

いつか僕の小説も、この小説も、きっと、誰にも読まれなくなるだろう。

それでも、小説は続いていく。

いつか誰かが、僕の小説から受け取った何かを、ほんの少しだけ借りて、また別の小説を書く。そんな保証はどこにもないけど、僕はそう信じている。

そして、その繰り返しで、小説は続いていく。

小説。

この現実とは別の、もう一つの世界。

それが僕たちの現実を照らしている。小説が現実から影響を受けるように、現実も小説から影響を受けている。

そして小説は現実となれ合うことなく、気高く、生きていくのだと思う。

そのうねりの中で、僕も、吉野も、生きていく。

エピローグ

小説を書き上げた僕が次にしたことは、中学の部室に行くことだった。

そこで、真白が待っていた。

その場所で、二人で待ち合わせて、会おう、と僕から連絡したからだ。

とりあえず真白を起こすことから、僕は始めた。

先に来ていたらしい真白は、待ちくたびれたのか、眠っていた。僕と吉野が日々を過ごしたソファーで。

「……書けた？」

「うん」

真白は、ほっとしたような様子を見せた。

「染井くん……大丈夫？」

「全然大丈夫」

それから僕は、その小説を彼女に見せた。

最初に、まず、真白に読んでほしかった。

「夏休み、結局、どこにも行かなかったね」

真白が少し残念そうに窓の外を見た。

「染井くん、ずっと小説書いてた」

「そういう青春があってもいいだろ」

僕は言い返した。

「いいと思う」

真白は真剣な顔で言った。

「むしろ、最高だと思うよ」

真白は、その僕が書き上げたばかりの小説を、熱心に読み始めた。元々読むのが遅い彼女だったから、読み終えるまで、何時間もかかった。夜になっていた。

「これが染井くんの小説なんだね」

それが、真白の最初の感想だった。

多分これが、僕が生まれて初めて書いた、僕の小説だと思った。

「でも、これ、エピローグが足りない気がする」

「うん。だから、これから書くよ」

　二人で中学の部室棟を出たときには、外はすっかり、真っ暗になっていた。時計を見ると、午後の十一時を過ぎている。深夜といって、差し支えない時間だ。

「私たち、ラッキーになれるかな」

「なれるよ」

　無根拠に僕は言う。

「これからどこに行くの？」

　真白が聞いてきた。今から、どこかに行こうという時間じゃないことくらい、僕にもわかった。だから、真白は、別のことを聞いてるんだろうと思った。

「どこにでも行けるよ」

　そう、本気で思った。

　家に帰って、自分の部屋で、最後のエピローグを付け足すことにした。
もう夜も大分更けて、家族も寝静まり、外を通りかかる足音も聞こえない。
生きている人間が、自分以外に誰もいないかのように思える時間。
小説を書くのに、一番適した時間だった。
でも、エピローグというのは難しい。

何を書いても蛇足になるような気がして、何を書いたらいいのか、わからなくなる。

エピローグを書く前に、ふと思い立って僕は、その小説をネットにアップロードすることにした。

『この世界にｉをこめて』

僕たちの小説は、少しずつ人に読まれていく。

From:dokuro_socks@sofom.ne.jp

このあと、彼と真白はどうなるのですか？

と、ある日、読んだ人からメッセージが届いた。

どうなるんだろう？　僕は今から、変わるんだろうか。

僕は彼女のメールアドレスに、久しぶりにメールした。

To: 吉野

町に出かけて映画でも見て、一緒にポップコーンでも食べようよそれからふと気づいて、慌ててアドレス帳の登録を、彼女の名前から真白の名前に変更する。

［アドレス帳の名前を変更します］

［真白澄佳］

［よろしいですか？］

［はい］

そのとき、僕はちょっと泣きそうになった。僕は彼女のことが好きだったんだろうか？

わからない。

いつか、こんなにもどうしょうもない感情も、僕は言葉にしていくんだろうか。

でも今は、この感情に、そんな簡単に意味を与えたくない。言葉にできなくても、誰にもわかられなくてもいい。これだけは僕のものだ。

真白から返事が返ってくる。

僕と真白は今度、デートをする。そしてきっと、もしかしたらいつか、愛情を確かめ合うのかもしれない。

あとがき

朝起きてから寝るまで、ずっと一人で小説を書いています。そんな毎日を送っていると、どんどん気持ちが浮き世離れしていって、ときどき、自分が幽霊になったような感覚に陥ります。

現実を生きてる、という感覚が次第に消え失せて、自分は一体どこにいるんだろう、という気持ちになってくる。夜、窓ガラスに映る自分の姿を見て、そのうち消えそうだよな、と思ったりする。

そういうとき、かつて自分が現実にぶつかって、もがいて苦しんでいた、そんな学生時代のことを思い出したりします。あのときの友達とは、もう、昔みたいに頻繁に会うことはなくなったけど。どこかで彼らも今、僕と同じように窓ガラスを見てるんだろうか、と思ったりする。

僕自身、大学生の頃、染井くんのように、うまく小説が書けなくて、パソコンの前でいつも悶々としていました。

そんな僕の周囲には、何かを目指している人たちがいました。そして、何者かになれる奴と、なれない奴がいた。

大学三年の秋、土気色の顔で皆が就職活動を始めた頃、漫画家を目指していた友達と、連絡が取れなくなりました。就活をしないで、部屋に引きこもって、新人賞に投稿する漫画を描き始めた、という噂を聞きました。

「いつか二人でプロになって。僕が話書いて、君が漫画描いて、二人で作品作ろう」

そんな話をしてた友達です。

半年ほど惰性で就活を続けた僕が就職を決めた頃、その彼から連絡がありました。彼の漫画は賞をとり、漫画家目指して上京すると言います。

マジかよ、と思いました。僕は、うらやましくてしょうがなかった。でも、それをうらやましがるような資格が自分にあるとも思えなかった。

「俺さ、もし今回、賞とれなかったら、もう佐野(さの)くんに会えないと思ってたよ」

京都のとある大学のベンチで、二人でタバコを吸いながら、彼は僕にそう言いました。そのときもしかしたら、彼は、僕と友達でいることをやめたのかもしれない。

「俺、先に行って待ってるから」

そう言って彼は、何者にもなれないでいた僕に、穏(おだ)やかに笑いました。そのときのことを、ずっと忘れられなかった。それから僕たちは、何年も連絡を取らなかった。

そんな僕の、個人的な記憶なんかも思い出しながら、この小説を書きました。


例えば、読者の方の中には、漫画家の彼のように、作中の染井のように、夏休みずっと家で勉強や創作活動、あるいは仕事、その他の何かに打ち込んでいた、という人もいるかと思います。現実に海で遊ぶことより、そうした時間の過ごし方は、ときに虚しく感じられたりすることがあるかもしれません。

自分が今やっていることに、どんな意味があるのか、悩むことがある。

僕も小説家として、悩んでいます。

佐藤が言う「〇〇って何の役に立つの」という言葉は世の中に溢れてて、そうした言葉を目にする度に、僕は少し傷つきながらも、その「〇〇」の中に「小説」という言葉を入れて、「小説って何の役に立つんだろうな」と自分の問題として考えていました。虚数も小説も一見すると、何の役にも立たなそうなものに見える。

だけど、現実とは一見無関係に見える時間の過ごし方に、現実を変えるきっかけが、ひそんでいるような気がします。目の前の現実をただ受け入れて生きているだけでは、現実を変えることはできません。虚数や小説が現実を変えるかもしれないように、そうした目の前の努力がいつか、自分や他者の現実を変えることがあります。だから、そんな努力を、僕はとても素晴らしいものだと、真剣に思います。

さて、今回も、作品を世に出すにあたっては、様々な方に大変お世話になりました。『君は月夜に光り輝く』に続いて、イラストをご担当くださったloundraw(ラウンドロウ)様。作品を拝見して、僕も久しぶりに鴨川に飛び込みたくなりました。最高です。担当編集者の湯澤(ゆざわ)様、遠藤(えんどう)様。お二人のお力もあって、なんとかこの作品を世に出すことができました。何より、僕の思う通りに書かせてくださって、本当に感謝しています。校閲(こうえつ)の方、営業部の方、宣伝部の方、印刷所の方、これから本を読者の方に届けてくださる書店の方、他にもたくさんの方々の力をお借りして、この本を出すことができています。ありがとうございます。

そんなわけで、これが僕の第二作です。いろんなチャレンジをしている作品です。この作品を書くことで、小説家として、少し前に進めたような気がしています。

次の作品も読んでもらえたら本当に嬉しいです。頑張ります。

佐野(さの)徹夜(てつや)

参考文献

『虚数の情緒―中学生からの全方位独学法』吉田武著（東海大学出版会刊）

『ホーキング、宇宙を語る―ビッグバンからブラックホールまで』スティーヴン・W・ホーキング著／林一訳（早川書房刊）

『ホーキング　虚時間の宇宙　宇宙の特異点をめぐって』竹内薫著（講談社刊）

佐野徹夜 著作リスト

君は月夜に光り輝く（メディアワークス文庫）
この世界にｉをこめて（同）

本書は書き下ろしです。

メディアワークス文庫

この世界にｉをこめて

佐野徹夜

2017年10月25日　初版発行
2019年10月20日　12版発行

発行者　郡司 聡
発行　株式会社KADOKAWA
〒102－8177　東京都千代田区富士見2－13－3
プロデュース　アスキー・メディアワークス
〒102－8584　東京都千代田区富士見1－8－19
電話03－5216－8399（編集）
電話03－3238－1854（営業）
装丁者　渡辺宏一（有限会社ニイナナニイゴオ）
印刷・製本　旭印刷株式会社

Printed in Japan
ISBN978-4-04-893414-5 C0193

メディアワークス文庫　http://mwbunko.com/
株式会社KADOKAWA　http://www.kadokawa.co.jp/

本書に対するご意見、ご感想をお寄せください。

あて先
〒102-8584　東京都千代田区富士見1-8-19　アスキー・メディアワークス
メディアワークス文庫編集部
「佐野徹夜先生」係